徐天佑——療癒覺醒

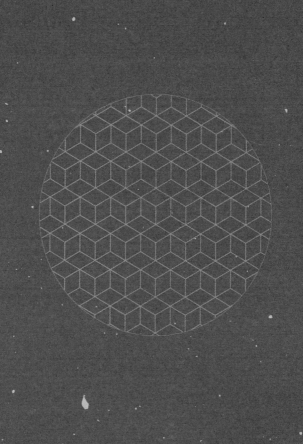

前言

「自我覺醒和領悟是一段個人的奇妙探索之旅。」

宇宙，一切也連結在一起，萬事萬物也連結在一起。

對上一次出版書籍已經是十年前。

十年前我用了一個靈幻偵探故事來表達自己對超自然「眼見為真」的想法，結果十年後我親眼目睹了一架 UFO（Unidentified Flying Object）在我眼前憑空出現，再憑空消失。

我對外星人特別感興趣，小時候喜歡收藏「小灰人」的物品，夢想見到 UFO。

我們人類的感官不止於五感，第六感時時刻刻都在運作。

宇宙間充滿著生命能量，無時無刻都在療癒我們。

當初開始追尋靈性的路很漫長，大腦另一邊藏著半個理性思維的腦袋，一直以來思考靈性本質時總會遇到矛盾及解釋不了的問題，有時會被左腦主導，有時則被右腦主導，來來回回。

接觸身心靈的原因是為了改善自己的情緒，繼而接觸到臼井靈氣自然療法（Reiki），到近年開始了新領域，開班教授靈氣療法和水晶頌缽聲音治療，不經不覺已教導超過百位學生。

本書會分享我在追尋靈性的過程，如何學習運用宇宙能量一步一步改善自己的情緒，讓生活更加幸福和感恩，也會分享一些學生提供的案例，以及我在超自然與科學之間的周旋，和大家一起探討身心靈。

希望能給對此範疇有興趣的朋友參考，亦希望為正在看本書的你帶來一點啟發和安慰。

在宇宙安排之下，不久前萌生了再一次出版書籍的想法，之後便遇到出版社的邀請，當想法和能量接軌，共時性便會出現。

萬事萬物每分每秒也在改變，每分每秒也在震動，改變有因，有因必定有果，循環不息。

過去、現在、未來同時存在，你現在的念頭會改變你的未來，而未來亦會改變你的過去。

你想活出怎樣的人生？

序

療癒（Healing）這個字近年經常在生活中出現，從來沒有認真思考過這個字，從來也覺得療癒是指身體表面上的受傷，從來也不覺得自己的心靈需要療癒，因為療癒代表脆弱。

若然細心想想便會發現，我們的意識其實每時每刻也在為我們尋找療癒。

早上來一杯咖啡醒醒腦開始忙碌的一天；週末來一頓豐富的早午餐放鬆一下；假期間來一個快閃旅行享受一下；計劃一個悠長假期來作全面減壓等……

人類的意識在生存模式下極力為身體尋找療癒的方法及機會，目的是為了排走積聚的負能量和平衡身體狀況，但生存模式下的行為只會有暫時修補的效果（有時甚至沒有效果），並沒有帶來真正的療癒，負能量瞬間便會再度積聚，結果意識又再指示身體作出行動，周而復始，像無限輪迴般在同一種頻率維度徘徊。

若然想得到真正的療癒，就必須要全面照顧我們的身、心、靈。

目錄

創傷形成

「恐懼是帶來毀滅的破壞女神。」

我細細個就開始嘗試獨立的滋味，大概七歲左右，有一段時間需要照顧自己的日常生活，自己準備早午餐、上學及放學等，原因是家人為了工作而早出晚歸。

每天早上醒來時家人已經全部外出，餐桌上放了當天的生活費，那是給我在上學前買早午餐用（但通常我都不吃早餐，把錢儲起用來買心頭好漫畫閃咭），然後返下午班小學，有時候放學回家也要自己吃晚飯，這樣維持了好一陣子。

我個人認為這樣並不是什麼大不了的事，只是如果此事發生在今天的社會就會被視為疏忽照顧，但在那個年代，我的同學中也有差不多的情況。

我很明白自己的家庭狀況，一家五口住在一個四百尺左右的地方，和阿哥家姐一起睡在上下格床；我很明白大家辛苦工作，是為了全家人的生活。

每天早上我會先看一會卡通片，然後上學前獨自到大廈對面街的快餐店買午餐，而我要到達快餐店前，需要先經過一條寬闊的大馬路。

每次過馬路時我都需要鼓起很大勇氣，因為馬路上有很多車輛行駛，只有七歲的我不懂得如何過馬路。有時我會等到交通燈轉為綠色便立即衝過去，有時會不理交通燈快速橫過大馬路，但每一次也是抱著戰戰兢兢的心情，久而久之「過馬路」一事便成為了我內心的一種恐懼，影響著長大後的思想和生活。

「每當過馬路的時候內心的恐懼便會出現，繼而產生很多不良的念頭，這些不良的念頭亦會引伸出各種自我防衛行為。」

近年我搬了新居，附近有一個適合跑步及散步海濱公園。

要到達這個海濱公園，需要先經過兩條沒有紅綠燈的馬路和一個迴旋處，這條馬路非常繁忙，站在馬路旁邊，回憶又再度被挖出，腦海中更出現一個念頭：「橫過這條馬路是一個危險的行為，去海濱跑步必須要經過這條馬路，所以去跑步是一個危險的行為。」每次有跑步的想法，腦裏面會出現相同的念頭，防衛機制因而產生，然後製造出很多不同的想法來阻止我去行動。

腦袋運作複雜，它不會單純地告訴自己「過馬路危險不要去」，因為它知道這個原因太容易衝破，所以會有創意地會從不同角度説服自己，例如它會讓認為「跑步沒有用」、「浪費時間」甚至「跑步是不對的」。

腦袋找到自己的弱點之後，便會更進一步，例如出現一些「在海邊跑步非常沉悶」、「有意外發生的畫面」等，目的都只是為了阻止我們行動。

而所説的「防衛機制」就是來自兒時所產生的「恐懼」。

恐懼這單一的情感所帶來的影響可以非常廣闊，它是創傷的一種，也會啟動防衛機制。

大部分人在十一歲前「顯意識」還未完全建立，這時我們的運作模式可簡稱為「潛意識」，因為潛意識有各門各派不同的解讀，可以指我們原生意識、原始慾望亦可以指兒時的意識等。

潛意識高度敏感、敏鋭亦脆弱，記憶非常厲害，把所有經歷像複製一樣記下來，無論好的壞的都記錄。

隨著年紀增長顯意識會慢慢建立，之後便會成為我們日常的預設運作模式，但潛意識仍然在背後無間斷地運行，主宰我們。

每當有事情觸動到潛意識，它便會立即啟動各種機制，向顯意識發出指令，例如在此談論中的防衛機制，是由受傷害的經歷所啟動，而這種創傷通常稱之為兒時創傷。

創傷不論年齡隨時都可以製造，但人們年紀愈大、經驗愈多，抗壓和理解事情的能力便會愈高，而童年時像一張白紙，無時無刻都經歷著新鮮事，所以內心容易受到傷害。

一件事情對七歲和四十歲的你來説會有完全不同的體驗，例如繼續用「過馬路」一事，若然四十歲的我遇到這事，可能根本不會構成任何的恐懼或問題；但七歲的時候則完全相反，不幸地製造了創傷。

心中的巨人

「兒時創傷是童年時候經歷的創傷所帶來的連鎖反應。」

打個比喻，因為對過馬路的恐懼，所以害怕放學後獨自回家，結果被同學取笑要家長來接放學，被同學取笑亦成為了另一個創傷，形成了自卑感，而這小孩日漸長大後，這種不自覺形成的自卑感則轉化為憤怒發洩出來，每當遇上刺激創傷的事情，便會啟動防衛機制裡的憤怒，靠與同事發生爭執來解決事情。

這就是兒時創傷難以解決的地方，因為有歷史，連鎖反應帶動之下，要追蹤創傷的源頭非常困難和費時費力。

坊間也有不少處理創傷的治療，我在課堂裡面也有和學生做過一些處理兒時創傷的練習，以下分享的練習是我在靈氣課程或治療裏面會用到的。

這個方法針對處理某類創傷，所以首先要先知道自己要處理的情緒問題，對症下藥。

好多時我們不清楚自己的創傷、不知道自己有創傷、不知道創傷是什麼，甚至認為自己沒有創傷或者習慣把它們埋在深處。

我自己曾經用很長時間來回憶自己的童年，找出自己的創傷，找出自己的恐懼，整理自己的人生，也是療癒的好方法。

當找到創傷的出處之後，便可以嘗試用方法處理。

這個需要回憶，需要運用到觀想，在這裏把這個兒時創傷處理方法分享給大家，我稱為「巨人練習」。

練習一：巨人

在最初幾次做這個練習時，建議用一張紙，在紙上簡短寫出需要處理的事情。

這個治療的作用是處理兒時的創傷，例如被欺凌、被遺棄、害怕、恐懼、語言傷害、孤獨、寂寞等創傷。

在紙上寫下幾句說話以概括整件事情，例如「小學、紅磡、孤獨、害怕獨自過大馬路、去買外賣……」不一定要完整句子，但每一個字也應是回憶和能夠刺激內心感受。

先把紙張放在掌心（雙手承托），閉上眼睛，在心中默念紙上的文字。

1. 閉上眼睛。
2. 深呼吸三次，每一次呼氣時把壓力、擔憂呼出。
3. 想像遠處有一點白光，意識向著這點白光前進。
4. 愈來愈近白光，白光充滿著眼前的空間。
5. 慢慢穿過白色光，看到白光後面就是這次要回去的時空，回到創傷出現的地方，回到當時面對的場景。
6. 找回內在小孩，經歷一次創傷形成的過程。
7. 感受當中的情緒，內心會有感覺，會有心跳，會傷心，會感動，會憤怒。
8. 找到感覺後，重新再經歷一次，這一次當經歷到最深感受的一刻讓時間停止，讓自己停留在最深感受的一刻。

9. 此時身邊出現一份親切的感覺，出現了一個比自己高大的巨人。

10. 巨人回頭過來，他是現在的自己，他充滿正能量，向著自己微笑，然後伸手拖著自己的手，感覺溫暖。

11. 感受那份安全感，感受那份正能量。

12. 巨人握著你的手說：「不用怕、不用怕、不用怕。」

13. 感受內心的轉變，感受那份安全感，想像恐懼從那一刻開始離你而去。

14. 巨人帶你安全地渡過所有危險，所有恐懼。

15. 頭部後方有一股力量拉著自己，把自己帶離當時的情景回到現在的時空。

16. 深吸呼，左右移動眼球。

17. 慢慢打開眼，完成。

「眼前一片漆黑，我看到遠處有一點白光，我向著這點白光一路前進，白光愈來愈大，愈來愈近，最後充斥著我眼前所有景象。我穿過了這道白色的光，看到兒時非常恐懼的一條馬路，我雙腳慢慢降落在兒時這個地方。我看到迎面而來風馳電掣的車輛，我內心非常恐懼，正等待一個最適合的時機衝出去。

我心跳加速，雖然我成功橫過馬路，但一想到要再經這條馬路回家，內心就非常恐懼。我再一次看到迎面而來風馳電掣的車輛，我鼓起勇氣再一次橫過這條馬路之際，突然有一股強大的能量在我身邊出現，我感覺到非常有安全感，我感到非常親切，我看到身邊出現一位巨人。巨人慢慢回過頭來看著還是小朋友的我，他是已經長大了的我。他的樣子非常自信，面帶笑容叫我不用怕。他説了三次，我感受到保護，巨人握著我的手慢慢橫過馬路，我完全感受不到恐懼，恐懼已經從我身體離開。

我看著這條馬路，看著風馳電掣的車輛，再沒有恐懼。我感受到後腦有一股力量把我拉著，好像有一條線把我整個人拉起，雙腳慢慢離開地面，整個人慢慢飄起，把我帶離當時的場景。我離那個地方場景愈來愈遠，愈來愈遠，然後我穿過了一道白光，意識慢慢回到現在的身體。我左右移動一下眼球，深呼吸，慢慢張開眼睛，充滿正能量和安全感的就是現在的自己。」

第六感

從小我的第六感便很敏銳，預測事情成為了我日常習慣和興趣。

小學階段，那時家中還是用那種古董：圓形版面配攪動號碼式的有線電話，我年紀小比較活躍，所以做了家中接線生。

有時第六感出現的情況是，我會突然間有預感電話將會響起，隨之幾秒之後真有人打電話來！但家人和我自己並沒有覺得這是什麼一回事，我們認為這些直覺都是與生俱來，又或者一切都只是碰巧而已。

後來直覺經常出現，腦海出現「電話響起」的訊息，幾秒後電話就會「鈴鈴～」響起。

這些「幾秒鐘的預感」不限於電話來電，例如家人放工回家也同樣會有預感，這種預感有點像動物。有一段時間有養家貓，名叫「貓兒」，貓兒會突然走到門口等待，然後不久之後家人便從電梯走出來，有時我會和貓兒同一時間出現這個預感。

預知來電成為習慣，每當有電話來電我都會搶著去接聽，記得一次電話找我家姐，但家姐不在家。晚上家姐回來後查問有誰打過電話來找她，我立即回應：「沒有戴眼鏡……短頭髮……瘦削……鼻尖尖……眼細細……」但是我本來完全不認識電話裡的人，之後家姐更確認我形容的外貌，的確就是那位打電話來找她的同學。

經過這次之後，大家發現了我擁有另一種第六感，就是可以憑聽電話內，另一方的人聲觀想出他們的外貌特徵，有時甚至可以清楚看到對方的樣貌，只是不懂如何形容而已。

我成為了家中的人肉人臉辨識系統，所有電話也是我負責接聽，試過接到一個電話，我更能指出那不只一人通話中，而是當時流行的三人會議電話！三人會議電話可讓其中一方不發聲響暗中竊聽，通常也是男女同學間，用來打探心儀對象對自己是否有好感的技倆。

對於這個奇怪的第六感，家人當開玩笑看待，覺得是平常事，不需要大驚小怪，後來長大了回想自己這個能力才覺驚訝，那是一種「遙視第六感」。（我曾經在一個訪問中分享了這件事，之後也收到了一些網友回覆，指他們兒時也有同樣的能力。）

成年後為生活忙東忙西，被歲月洗禮，天賦能力被顯意識影響，直覺的敏感度亦比兒時減弱，這也是普遍的情況。

每個人也有直覺，直覺來自松果體，又稱眉心輪或第三眼（後面章節會有人體脈輪簡介），這個器官位於我們的腦部，耳朵上方對入的位置。

現今科技發達，好處是人類生活愈來愈方便及有質素，但日常鍛鍊腦力的機會就愈來愈少，因為科技照顧了平時大大小小的問題。我不認同因為科技發達人類就不用腦袋這說法，只是運用腦袋的方式改變了，和少了鍛鍊機會而已。

眉心輪代表我們的腦袋、直覺、思想及靈感等等，松果體亦位於這裡，有說古時人類的松果體體積直徑達一厘米以上，但近年經解剖發現，一個正常、三十幾歲男人的松果體只有大概六毫米左右大小而且出現了鈣化的情況。

地球上的生物按著進化論生存，人類亦如是，有用的就會留下及繼續進化，沒有用的就會被淘汰，這是恆常的運作模式。有說古時的人類比現在高大，體格肌肉亦更強壯，原因是人類科技愈來愈進步，勞動愈來愈少，身體器官和四肢亦跟著時代演化。

我一向對外星人都很好奇，有研究者列出了曾到訪地球的外星人有近百種，最常見和最出名的是「灰人」，它們四肢瘦削，雙手長至膝頭，頭部體積很大及發達，擁有大眼睛，更有人指灰人其實就是未來的人類。

未來科技會更發達，人類生活會更方便，方便的程度和四肢活動的頻繁度成反比，愈方便愈少勞動，未來我們可能只需要用意念便能控制電腦和機器，處理日常生活事務，而四肢在進化論之下愈來愈萎縮，腦袋會愈來愈發達，所以體積會愈來愈大。

但腦袋愈大，松果體為何愈小？

腦部亦分成很多部分，掌管身體不同部位的活動，正如左腦負責語言、演算、邏輯等理性思維，而右腦負責圖像、聲音、情感、靈感等感性一面，其他部位亦連結身體不同部位和掌管不同的功能。當我們需要操控一部機器，例如剛買了一部全新的影印機，接上電源後，最重要的是翻開說明書，按照書中所指示的步驟來進行安裝以及運作，而這時我們便會大量運用到左腦進行文字分析和邏輯思考。

日常有很多問題都牽涉到我們的左腦，若果人類進化成為灰人，相信就是因為左腦愈來愈發達，所以頭部體積愈來愈大，而理論上亦會更聰明，智商亦會愈高，但情感相對便會愈來愈缺乏。

邏輯上也說得通，既然理性可以解決所有問題，那麼情感便會是負累。

深層次的恐懼

「恐懼是用理性分辨不了的一種感受。」

恐懼有很多種，上文提及的兒時創傷所製造的恐懼只是其中一種，有些恐懼深深地埋藏在我們的腦海裏，但無時無刻都在等待機會介入我們的情緒和行為。

分享一個有趣經歷。

有一種恐懼相信很多人也會有同感，害怕昆蟲。

不同種類大大小小的昆蟲，自有記憶便開始，我對牠們也有一定程度的恐懼，但不清楚恐懼的源頭，好大機會是家人都同樣害怕的緣故。成長時見到身邊人害怕某事物而影響到自己產生恐懼是非常合理，不過只是推論，原因一直以來並沒有真正找到。

我對於恐懼這個課題很感興趣，恐懼就是要去挑戰，只要不會危害到自己及別人的生命，我都會好奇並想要去嘗試。

我先聲明，以下分享的經歷的確有點嘔心，請先做好心理準備。有一次到朋友家聚會，他剛飼養了一隻蜥蜴，所以他同時也需要飼養過百隻蟑螂來餵飼蜥蜴。

朋友知道我害怕昆蟲，同時也知道我挑戰恐懼的好奇心，所以便讓我看一下飼養箱內過百隻正熱血沸騰地向四方八面爬行的蟑螂，我只是眼看就已經滿身充滿雞皮疙瘩，相信害怕蟑螂的人會很明白。

朋友示範了他平時是如何餵飼蜥蜴，他先把手伸入籠中，徒手捉住一隻蟑螂拿出來，然後用手指握著蟑螂在我面前評論它的外型特徵（我是完全想像不到，眼前這個人竟與我一樣是人類，為何咫尺之間和我的感官會相差那麼遠⋯⋯），然後手勢純熟地把它放入旁邊飼養箱內的蜥蜴口中。

我看到這個場景實在非常震驚，為什麼有人完全不怕昆蟲？

究竟那是一個什麼樣的感覺？

結果我鼓起勇氣：「等我試下。」

人生第一次，我嘗試伸手入一個箱子內，裡面起碼有一百隻蟑螂，它們快速地走來走去，那種恐怖的感覺難以用筆墨形容。

我鼓起勇氣用食指和拇指拿起一隻蟑螂，雖然行動上我做到了，但身體反應是最真實，朋友看到我驚嚇的表情和僵硬的姿勢既感到有趣，卻又替我擔心。

之後我不小心鬆開了手指，蟑螂走脫，沿著我的手臂向身體方向爬行，朋友立即嘗試拯救我，但反過來我鎮定地對他說：「俾佢行吓……」

蟑螂走到我手臂位置停了下來左右來回，我則用這十幾秒時間感受一下自己最害怕的東西，並嘗試去辨識自己的恐懼。

恐懼究竟是什麼？恐懼從何而來？

正在我手臂上爬行的東西並沒有對我的人身安全構成威脅，那麼我害怕的是什麼？

污糟？有細菌？不是，飼養的昆蟲不會污糟。

是身體記憶？那一刻勾起了很多回憶，我對自己說，此刻正在經歷的事情和過往的經驗不同，縱使如此恐懼仍然存在，好可能一時三刻也不能改變身體習慣的反應。

然後我發現恐懼是一種感受，是一種情感，我們很少去訓練感受恐懼，意思是例如「傷感」這種情緒經常都會出現，假設被某電影情節感動但不想在別人面前留淚，我們可以適當地制止自己的傷感，因為我們不時也會遇到傷感的情況所以已經訓練有素。而每當恐懼出現，首要任務就是要避開，因為恐懼也會牽涉到危險，每當恐懼出現我們會立即啟動防禦機制，盡快逃脫，所以很少機會去認識它。

理性思維並不能連接感覺，分析和感覺是兩件事，兩個獨立運作模式，恐懼只能去感受，理性思維不能分析「感受」，但可以用來思考辦法，然後去戰勝恐懼。

當我開始去接觸自己的恐懼後，發現它們再出現的時候，恐懼程度竟然減少了，這代表害怕的事物是有消除的可能。

預知夢

「夢的深處蘊藏著宇宙的智慧。」

預知未來，預先知道一件即將發生的事情，結果真的發生了，可能來自昨晚的一個夢，又或者是曾經在腦海閃過的畫面。

我每晚也會發夢，差不多每朝醒來也能記得自己的夢境，並且會帶著夢中的情緒而醒來，但這並不是一件健康的事。

例如在夢中見到已逝去的父親，醒來後便會帶著對父親的思念，繼而帶著感慨的情緒起床開始新的一天。

由夢境決定當天的情緒會帶來不穩定性，也不健康。

我有好一段時間也是這樣，加上我的人類圖是情緒型人格，所以情感豐富是我會用來形容自己的其中一種性格特質，其實大家身邊都有很多這類型的人，只是他們外在沒有表現出來。

很多時醒來的一刻都記得夢境，但若然立即看手機，回覆訊息回覆電郵，夢境的記憶便會消失。

有一段時間，我都會在床邊放上一本簿，用來記下所發的夢，持續了幾星期，回看一下自己的記錄，會發現那都是零碎的記憶。縱使畫面豐富及充滿細節，一但用文字記錄便會卡住，只能記下零碎的文字。

曾經有一個這樣的夢。

「一個室內的地方，黃色柔和燈光，感覺像是一般屋企內的玄關走廊位置。眼前出現了一位女士的背影，她回頭過來，是現實中我一位陳姓朋友的朋友，她向我微笑問好。就這樣一個短短的畫面，沒有任何特別的訊息，也沒有任何特別的感受。」

醒來後我仍然記得夢中的畫面，因為夢中看到各式各樣，會出現在日常生活中的人和事，所以沒有特別理會，以平常事一則來看待這個夢。

那段時間剛巧搬了新屋，還在整理一箱箱的雜物，亦碰巧搬到了剛剛所講的那位陳朋友的附近，當天剛巧正在用短訊溝通。

擇日不如撞日，不如就邀請陳朋友來家中晚飯，結果她剛巧下班，當晚亦沒有任何公事或約會，所以就來了我家打邊爐。

晚飯後大家坐著聊聊天，陳朋友收到電話，掛線後她問可否現在就邀請一位她的朋友來我家，因為碰巧那位朋友有點事情想找她見面。

而她所說的那位朋友，就是出現在我夢中的那人。

我打開大門讓她進入屋內，進屋後她回頭向我微笑問好，而這個畫面就是我前一晚在夢中所夢到的。那一剎感到似曾相識（Déjà vu），然後才記起自己發過的夢，原來是一個預知夢。

當晚我有留意大家的對話內容和細節，嘗試發掘一下預知夢是否有任何特別訊息讓我知道，不過並沒有任何發現。

預知一件事情結果真的發生了，和沒有預知但事情同樣發生所帶來的結果或影響究竟有什麼分別呢？

通常電影橋段或誇張的故事都會因為一個預感，而改變主角的命運，例如夢到意外發生去阻止它從而改變未來，但會不會有另一個可能性？預知未來，未必一定有訊息或因由，可能單單只是預知而已。

常說事出必有因，有因必有果，預感是「因」，必會帶來「果」，用我的經歷來比喻，假設我夢到那人所以我在隔天才會聯絡陳朋友，然後才會遇到她的朋友，預知夢是一個「因」去讓這件事情發生，而「果」就是大家相遇，然後又會有「因」。

假設這個預知夢是有神秘力量植入我的腦袋，祂就是掌管人類命運的神？

還是隨機發生？

如果隨機發生的夢能夠帶來現實生活的改變，那麼命運便不是「整定」。

雖然現在已經有很多關於「夢」的學說和科學解釋，但始終沒有一個肯定的答案，就如「預知夢」便是解釋不了的一個現象。

如果大家都會帶著夢中的情緒醒來，以下有另一個練習可以分享給大家，可以在早上醒來整理一下腦袋。

這是我所有靈氣班或水晶頌缽班學生在初階的時候就會學到的，是一個最基本也最重要的練習，能夠舒緩很多症狀及情緒狀況，能夠助我們理清思緒，可以把現代都市人過度用腦以至能量長期過度集中在腦部的情況舒緩，並且把能量平衡分布回到身體各部位。

現代靈氣療法有一重要事項就是手掌的觸感，縱使能量是用肉眼看不見，觸感卻能夠讓我們知道能量的存在，以致可以運用靈氣作出正確的治療。

過度用腦會減少身體及四肢的觸感，通過這練習可以把注意力及能量平均分布回到身體各部位，手掌的觸感便會回復。

這個練習叫做接地（Grounding），坊間有不同的做法，步驟會有少許不同。我這個版本主要的用途是功能性，用於靈氣治療前的準備、日常煩躁不安或「腦霧」等情況，所以熟練之後可以把接地的速度加快，達至日常生活裡可以應用的好處。

建議每天早上醒來用幾分鐘時間做練習，其餘一天裡面所有時間也同樣可以練習。

練習二：接地（Grounding）

接地即是和腳下的大地連接，把能量釋放再循環，很多時候我們都應該接地，例如在開始治療之前或之後、冥想之前或之後、或者為植物或水晶淨化前後。接地能夠排走負能量，清醒頭腦。

1. 閉上眼睛。
2. 深呼吸，把負面情緒、壓力、擔憂呼出。
3. 把注意集中在自己的眉心輪（腦部）。
4. 留意自己當時的思想、情緒和感受（例如有沒有最近在煩惱的事、正在經歷的狀況、未完成的工作……）。
5. 把腦海中所有這些思想和情緒，觀想成為一股正在流動的能量。
6. 流動的能量從腦部往後一直沿著頸背、尾龍骨、背部、腰部、尾龍骨底部、大腿、膝頭、小腿直至到達腳掌，流過每一個部分。

7. 從腳掌把能量送出去，送給大地。

8. 感受能量穿過地面，全部送出去。

9. 大地會回應我們，感受與大地連結。

10. 一股正能量從腳掌沿路返回到我們身體，由腳掌、小腿、膝頭、大腿，沿著尾龍骨往上經背部到達頸背、後腦最後回到腦部。

11. 感受正能量在眉心輪（腦部）流動。

12. 深呼吸，然後慢慢打開眼睛。

這個練習可以在同一時間重複多次。

可以在朝早起床、晚上、乘坐交通工具或感到煩躁不安及思緒混亂時使用。

再會

"Everything everywhere all at once."

預知夢不只一次出現在我的人生，據我所知有些預言家也是從夢境得知未來，日本漫畫《我所看見的未來》的作者竜樹諒就是從夢境看到幾十年後的未來，看到一些為人類帶來巨大傷害的自然災難。

我發現自己所發的預知夢並不會看到遠方的未來，通常都是明天便會發生的事情，有時會夢到確實的畫面，有時則會夢到一些有暗喻的片段。

曾經在夢裡看到一個籃球般大小的魚缸，裡面有一條五六厘米大小的金魚，我用手去抓住金魚，然後金魚突然長大變成一個人從魚缸出來……夢便完結了。第二天看新聞，指有人發現了一條身長只有十幾毫米的魚，能發出槍聲一樣的巨響。

我不肯定這是否有直接關係，恰巧有點類同，不過比較常發生。

除了預知夢，還有另一些夢的經歷也撲朔迷離，這是大概兩年前左右發的一個夢。

兩年前左右是我還未到四十歲之年，亦是我爸離開了差不多大概十年的時候，有一晚我夢到中學時代的自己，那時大概十三歲。

先分享自己中學時的生活背景，那時真實生活情況是這樣，我們一家住在新界粉嶺的一個屋邨，四百呎左右的單位，我和阿哥同一間房，我下格床阿哥上格床，家姐睡另一間房，爸媽睡在大廳的梳化床。

而我的夢是這樣的。

夢中我回到自己中學時的房間，深夜時分，家人全都睡了，我躺在床上看著房間內的環境，似曾相識，此時我竟然知道自己正在夢境中。

「我發緊夢……返咗中學時代……咁阿爸一定仲在生，佢喺廳瞓緊覺……」

我腦海當時閃過這樣的對白。

然後我情急地想衝出廳見見阿爸，但卻不是用腳走路，而是向著房門飛出去。當我飛到房門時，眼前的景象改變了，我回到了現在的時空，看到現時房間的天花板，我從夢中醒來了。

「冷靜啲，冷靜啲……」

我平靜自己的心情，閉上眼睛嘗試再入睡。

再一次張開眼睛時，我竟然再次回到同一個情景，中學時那個房間，同一個位置，我躺在床上看著房門。

「冷靜啲，冷靜啲……」

我叫自己冷靜，然後慢慢出去大廳，這次同樣不是用腳走路，而是慢慢飄出去，全屋也沒有燈光，昏暗的環境。我在廳中看到阿爸阿媽正在睡覺，爸睡在梳化床，媽睡在地上。

我去到爸旁邊用手輕輕拍一下他，嘗試叫醒他，他有點不耐煩似的轉身用背對著我，沒有說話，但似是向我暗示不要騷擾他睡覺似的。

「阿爸！阿爸！」我心裡面是這樣叫嚷著，但發不出聲音。

爸還是沒有理會我，然後我嘗試叫一下阿媽，但她在熟睡同樣沒有理會我，我當時只感到無奈。

然後下一秒便從夢中醒來，已經是第二天的早晨。

我清楚記得這個夢，非常實在。

這是清明夢（又稱清醒夢），指在夢境中醒過來，然後有意識地在夢中行動。

有不少人也嘗試過清明夢，甚至說可以透過訓練，讓自己更容易在夢中醒來和控制夢境。

但我的經驗原來不只這麼簡單。

一星期後家姐來了我家中晚飯，其間我分享了這個夢的經歷，家姐的答案讓我驚訝，她說在中學那段時間，爸曾對她說有一晚深夜我突然從房間出廳走到他旁邊拍他，爸認為我夢遊所以就轉身避開我，然後我便走開了。

難道我發夢回到過去？

簡單推論是我從現在的時空，經發夢回到了二十幾年前的中學時代。如果是這樣的話，一九九七年我仍在讀中學時，二零二二年的我就已經存在？意思是因為二零二二年的我在控制一九九七年的我行動，所以這兩個時空同時存在。

如果是這樣的話，這不單只是清明夢，而是穿越時空。

一九九七年的我正在睡覺，而二零二二年的我的意識回到了一九九七年，控制當時的我的身體，那麼一九九七的我的意識在哪裡？

會不會一九九七年的我的意識，同樣去了另一個時空，只是記不起？那麼一九九七和二零二二的我是有兩個意識嗎？如果是兩個意識的話即是代表是有兩個我存在？這樣推論下去只會愈來愈多疑問。

我認為意識只有一個，因為過去、現在、未來同時存在。

第一次遇見

「眼見為真？」

我從來都相信靈魂的說法，只是在顯意識成形之後思想較為複雜，沒有像以往單純。用「相信」來形容，是因為靈魂是肉眼看不見的。

十一歲之後，經歷中學讀書時期，顯意識開始成形，目的是為了踏入社會生存，對所有事情的看法多了一份偏見，雜念隨之愈來愈多，單純看待事物的能力也被掩蓋。

我在十四歲時在街上巧遇香港知名導演陳果，被他邀請拍攝一個飲品廣告，之後有藝人經紀及唱片公司老闆向我招手，完成中學五年級便開始發展演藝事業。

在這期間我的理性思維慢慢建立，在尋找超自然及靈性這類題目的答案時都會參考科學，科學是指經測試、實驗、累積統計等而制定的知識。

顯意識讓我變得理性，但潛意識仍然用感性推著我走，所以日常生活經常會感到矛盾。

那時我很喜歡戴水晶飾物，藍色石這款手串可以增強智慧，粉紅色這款增強魅力，甚至《天空之城》裡面男女主角所帶的飛行石，我也用盡一切辦法得到。那次是在日本生活半年後回港的一天，冒著錯過航班的危險把車駛到大型電器舖 Bic Camera 購買，怕錯過這次機會不知何時會再回日本（殊不知不久後旺角某店就有售）。

我注重水晶的功效和顏色，但不會刻意去記它們的名，當天對那一種顏色有感覺便會佩帶那一串。然而，理性思維出現後，我開始分析身邊每一件事。記得有一天我看著手腕上粉藍色的晶石手串，腦海裏浮現一個疑問：「點解呢粒石可以增強運氣？」

因為晶石有獨特的能力能夠連結相同的能量？如果是這樣的話每個人都應佩帶，難道不是每個人都相信？能夠增強運氣但什麼是運氣？運氣有沒有科學解釋？

那時我每天也會對身邊的事情提出疑問並嘗試找尋證據，就連我那位多愁善感喜歡想事情的阿爸，也說我再這樣想事情下去遲早發瘋，並說：「唔係所有事情都有科學根據。」

我並不是需要科學根據，是想找尋答案，只是往往很多事情也牽涉科學而已。

就在這段理性與靈性的角力時期，宇宙又再給我提示，指引我方向，讓我遇見了人生第一次疑似目擊UFO事件。

那時我住在粉嶺，從屋企窗口外望是一座矮山，當時住在八樓，山的高度剛巧蓋過了前方的視野，但望向山頂感覺就像和天空連成一線，天晴的日子山頂滿佈大大小小的星星，非常漂亮，所以呆望天空也是我其中一個樂趣和嗜好。

一天晚上，大概八九點晚飯後，天空非常清澈，我同樣在房間呆望星星，突然間看到遠方有一點紅色光，因為夜空所有掛在天上的光也是白色，所以這一點紅光非常突出。

我呆望了一會，發現了在另一端出現了一點藍色光，紅色和藍色光分別掛在天上，目測距離和我住的大廈非常遠，但仍然可以清楚看到亮光，所以猜測其體積異常巨大。

過了一會，藍色光和紅色光向著同一個方向移動，那裡有一點特別亮的白光，藍光和紅光同時向著白色光前進，似是要撞向對方！

那一刻我沒有判斷奇怪的光是UFO還是隕石，甚至是其他地球以外的東西，即時反應立即衝出廳通知家人，家人在看後認為只是光所以沒有特別理會，只有我一個人盯著那光繼續移動。

三點光愈走愈近，快要接觸到大家，然後就在它們交接之際：「佢哋撞到喇！」

我大叫了出來，三點光融合為一點更明亮的光，變成一個更大的發光體在閃閃發光，我在想會不會是太空站或者太空發生了爆炸。

我一直觀察著光的動靜，過了一會，記憶大概只有十秒鐘左右，發光體不再閃耀，然後慢慢分拆開剩下兩點光，分別是白色和紅色，紅色光慢慢向遠方離去，消失於天空。而發光體分拆出來的白色光仍然停留在原處，動也不動，好像一粒天空上的星星一樣。

這個經歷超出了我的正常認知範圍，家人理性地推論有可能是太空站配合與太空船接駁，但怎麼可能同時間兩艘太空船一起接駁？邏輯上有點勉強。

以現時專業說法，我當時所見到的應該是「不明空中現象」（Unidentified Aerial Phenomena，簡稱UAP），因為我並沒有清楚見到「不明飛行物體」（Unidentified Flying Object）。

因為光點距離太遠，當刻的感覺並沒有很震撼，但非常詭異，心裡面很矛盾，很想自己所見到的就是UFO，但腦海又浮現很多理性解釋，不過所謂理性解釋其實也只是猜測。

當遇到一件比誇張更誇張的事情時，腦內會掙扎：「又點會咁啱俾我見到？」

由細到大都對外星人有興趣，終於經歷疑似UFO事件，見到之後又會覺得「未夠喉」。

它們在那個階段出現好像是要給我一點提示，叫我回到初心，無限的宇宙又怎可能只用科學來解釋？

吸引力法則

「只要有夢想，凡事可成真？」

發光體事件讓我又再一次對這個世界恢復探索精神，凡事有所保留，沒有完全確定亦沒有完全否定，就算肉眼見到亦一樣，也沒有信仰，所有事情都有不同解釋和可能，這就是無限的意思。

生活是要面對現實，日常經歷的人和事很可能會讓你失望，但總要相信仍然有愛和關心圍繞身邊，正面或負面只是取決於個人的觀點與角度。

中學三年級臨近暑假前的學期，拍了人生第一個電視廣告，這是意想不到的事情，是宇宙的安排。

我是一個熱愛打籃球的中學生，不愛讀書，早上五點半便起床從新界出九龍上學，趕在學校大門開閘的時候到達，目的是要霸佔籃球場，因為學校只有兩個籃球場，但打籃球的學生人數不少，如果趕不上的話球場就會被佔用。

那是Play Station 1的年代，因為我哥是遊戲機迷，所以每當有新的遊戲機推出便會第一時間到手，一直以來我都好奇阿哥為什麼可以有足夠金錢買到新遊戲機，記得GameBoy新推出時以天價發售，我記憶中近一萬港元，一九九零年左右的一萬元是天價吧，我哥雖然當刻買不到，但總是找到機會試玩，經常和我分享遊戲心得。

印象中阿哥與Gameboy這件事有不少經歷，因為好多事情他都會和我分享，但當時我年紀太細，他說的什麼租機、分期、試用很多內容我都不理解，只知道他竭盡一切所能要擁有Gameboy打機。

終於過了一段時間，我看到阿哥手上拿著Gameboy玩了一整天，不再是試玩，印象中那部機應該是二手的，我不肯定他是如何得到的，甚至可能是租借，但重點是那一刻我見到他流露滿足的表情，那一刻我見到的是一個達成夢想的人。

「盡一切努力和辦法去得到自己想要的。」

我的好勝心非常強，小學六年級開始打籃球，籃球初哥，體育堂時看著籃球隊在正規籃球場練習，我就和一大班籃球門外漢被閒置在其中一個角落的籃球場亂投籃球，教練間中會過來看一兩眼，然後一句指導的話沒有留低便離開。

「我一定要爭氣，要加入籃球隊！」

教練的忽視激起了我的好勝心，每天幻想著自己是校隊的模樣。

那時還有兩位同學和我一起熱血，每天一起練波，但不久之後就以考試溫習或其他原因缺席，之後只剩下我獨自一人練習。

我每天上學前的早上都會獨自去練波，每天放學後晚上闖入已經關閉的屋苑籃球場練習，被管理員驅趕多次，便去另一個屋苑繼續練習，直至被驅趕又再去另一個……每個週末全日都在打籃球，無論天陰落大雨也繼續打。

除了落場練習，我也會觀看NBA的賽事，重複觀察球員的動作，然後自己再去球場模仿練習。

空餘時間會幻想自己在球場上的英姿，愛想故事的我會幻想自己在球場上發生的一些戲劇性的情節，例如賽事最後一秒的絕殺、在落後的情況反勝比賽以及受傷仍然強忍進行比賽等壯烈情節。

終於有一天體育堂時，我同樣在不起眼的籃球場打波，教練同樣走到過來看一下，但這次有所不同，他邀請我去到正規籃球場和籃球隊球員一起練習。

結果我成功加入了籃球隊，從練習球員，到後備後員，到正選球員，一步一步攀升。

我在校內的比賽和我幻想自己在球場的英姿一樣地好表現，終於到了代表學校出賽的日子，教練多番提醒球員保持最佳狀態的方法，就是在比賽前一天休息，不要接觸籃球，但我又怎能一天不接觸籃球？一個鐘也嫌多。

學界比賽前一天下著毛毛細雨，我慫恿了幾位隊友一起練習，結果在這一次練習中我意外受傷，手腕骨折。

比賽日早上教練緊張地和我一起去看醫生，問到休養一場比賽後，能否有機會趕在下一場比賽前復原，醫生對教練搖搖說：「休養三個月吧。」

三個月後所有比賽都已經完結，也是我小學畢業的時候，當下我感到自己的籃球生涯好像要完結一樣。

我不肯面對現實，不停追問，教練憐憫地制止我：「休息下吧。」他的神情我到今天仍然歷歷在目。

雖然只是小學六年級，但體會同樣深，我在快要迎接自己的夢想實現的一刻，從高峰突然被打落最低點。順帶一提，受傷那天那一刻防禦我進攻的那位球員，之後成為了籃球隊隊長，這就是命運的安排？

比賽日的下午時分，等待出發球賽的籃球隊及教練、正等待家長接送放學的學生和我都結集在操場，籃球隊員逐一過來安慰我，有點受寵若驚，從沒留意過自己的重要性，安慰過後隊員徐徐地走上校巴，然後我獨自一人站在操場目送籃球隊離開為學校出戰。

手腕復原的時候所有學界籃球賽已結束，球場上威風凜凜的英姿也只能藏在腦內，談及我的童年往事，這算是其中最深刻的經歷，這可是真正的遺憾。

結果籃球隊輸了比賽，還是贏了？當時我已經沒有心情去理會，每天忙著去鐵打舖換藥，奢望手腕奇蹟地突然復原。

如果大家有聽過吸引力法則的話，它說只要我們正面抱持夢想便會成真，我一直努力向著目標進發，為何不幸的事情仍然發生？

「如果你並沒有細心構思自己的劇本，劇情並不會如你想的一樣單調地發展。」

「吸引力法則」相信大家也略知一二，《秘密》這書流行的時候也是我和朋友間的日常話題，書中所講到的就是吸引力法則。

這個法則主要的解釋是我們日思夜想的，就會發生。

當然不是一句説話那麼簡單，多年來坊間裡有很多不同的解讀，我當初聽到很多宣傳手法説會用這個法則去「吸錢」，所以這個法則傳到香港的頭幾年都讓人有些負面之感。

每當有新發現出現之後，都有被歪曲的可能，這是人類世界的恆常道理。

在我的靈氣課堂內有時也會談及吸引力法則，因為我看待這法則的角度很正面，認為是一個導人向善的宇宙法則。大部分人也想過幸福生活，這樣的話我們就要有正面的思想，因為幸福是一種正能量，要幸福就要保持正面態度，同性相吸，正能量會連繫正能量，反觀負能量會連繫負能量。

用「吸引」這個字不夠完整表達意思，「尋找」也是一種形容，簡單來說一個人經常充滿著負能量、負面的想法，自然會看到世界負面的事物，不斷看世界負面的事其實就是在經歷負面，也是自找的。

研究吸引力法則的時候回顧自己過去，會思考小學籃球比賽這一段經歷，其實我有不少類似的經歷，但年紀少思想較單純及直接，較為容易分析。

人類的價值觀有正能量及負能量，正面負面情緒，但在宇宙間一切也只是能量流動。

小學籃球奮鬥這一段，其實所有日思夜想的好表現、一秒絕殺和球場上的英姿畫面，在大大小小的練習比賽街場練波都有實現過了。

願望顯化並不是想一想就行，不單單只是一個概念或一句説話那麼簡單，而是需要在腦海裡經歷整個過程，需要熱情、愛、勇氣，情緒會被帶動，心跳加速，猶如置身現場，張開眼睛後不會有回到現實的失落感，因為就像多了一段經歷，仍能分辨出是幻想但猶如置身其中。

時常聽到有人説他的夢想是家財萬貫早日退休，然後一天夢想成真了之後就會覺得：「原來有錢並不會快樂。」

有錢和快樂在本質上根本沒有關係，只是他當初弄錯了自己的夢想，萬事萬物每分每秒都在改變，可能是他的夢想改變了而已。

正確運用吸引力法則的第一步是要弄清楚自己想要的東西，想要過的生活，想要在一起的人。想幸福快樂，什麼會令我感到幸福？幸福是什麼感覺？什麼事情能讓自己快樂？人生中哪一個經驗是快樂的？當時正在做什麼？同樣的事情再發生一次會不會令你感到快樂？

生活太忙碌，週末時起床可以自然醒已經是一件幸福的事，更何況是有時間靜下來聆聽自己內心，思考自己、思考人生、思考何謂快樂？那是一件奢侈的事。

我在兩年前開始身心靈方面的事業，開設了學院提供課程及治療，留意到近年愈來愈多人注意情緒健康，這是一個好現象，甚至看到學生能供自己足夠的正能量之餘，並樂意分享更多能量去幫助別人，為別人治療，改善別人各方面的情緒及健康。

感恩。

其實說顯化說吸引力法則，是一件進階的事，所以如果有興趣認識吸引力法則的初學者，不妨嘗試以下的練習，這個練習關於認識和愛自己，在我的課堂中也會用到。

練習三：遇見未來的自己

1. 預備二十分鐘左右的時間。
2. 找一個安靜的地方，不會被打擾，安全及寧靜。
3. 坐著或躺下也可以，找一個自己最舒適的方法。
4. 閉上眼睛。
5. 深呼吸三次，把壓力呼出。
6. 想像遠處有一點光，慢慢一步一步行到光源處。
7. 光源有一道向下行的樓梯，經樓梯下行，沿途留意周圍環境。
8. 樓梯的盡頭有一道門。

9. 走到門前，看到門鎖把手，伸手打開門。

10. 穿過門後看到一個廣闊的空間，留意四周環境（是一個什麼樣地方？）

11. 看前方遠處有一間屋，慢慢走向屋子（那是什麼樣的屋子？）

12. 走近屋子，屋子前面站著一個熟悉的人，那個人是另一個自己。

13. 看到一個充滿正能量的自己，是一個自己夢想會成為的自己，他／她面帶笑容、喜悅和自信，留意他／她的衣著（穿什麼衣服、髮型、手袋、顏色……）

14. 感到喜悅滿足，留意眼前的自己正在做什麼？他／她的工作是什麼？他／她正有什麼計劃？

15. 感受喜悅滿足，看到夢想的自己時會有感動，心輪（脈輪）會有反應、感受，嘗試去記著這種感覺。

16. 頭後方有一股力量拉著，雙腳慢慢升起，力量把自己慢慢拉走，帶著喜悅感覺慢慢離屋子愈來愈遠。

17. 穿過一道光，意識回到現在的時空，回到自己的身體。

18. 深呼吸，慢慢打開眼睛。

這個練習有助認識自己，練習如何愛自己，尋找自己喜歡的事情和目標，作為認識顯化事情的入門非常不錯。

留意的地方是看到另一個自己的時候需要有感受，感到開心喜悅，不只是用腦袋隨意幻想出一個自己。

靈魂出竅

「脫離了現在的軀體，超越了時間空間物理的限制，繼續有意識地存在，感受這個宇宙。」

中學五年級最後一個階段我並沒有專心上學，經常缺席，因為工作生涯初段已經開始，有時要為模特兒工作試衫，有時要為廣告試鏡。

試過一次染了紫色頭髮回校，整天都要躲避訓導主任，除了怕被罰之外連我也覺得自己過分。

中五會考之後準備投入娛樂圈工作，二零零零年，十六七歲的我，事業心仍……沒有。

有一天的經歷我記得很清楚。

這一個階段是我喜歡找尋科學解釋的時候，生活裡亦沒有一個明確的目標，經常四周「夜蒲」。

那時很流行唱K（可能現在也是？），一天晚上我如常和一班豬朋狗友四周圍逛，然後去了尖沙咀一間卡拉OK。

那天晚上我已經很累，改天還要去為一套電影試鏡，而當時在九龍區回新界屋企起碼要一個小時，所以決定玩天光然後直接工作。

其實去到卡拉OK已經凌晨時分，有點睡意，沒有心情繼續玩，喝了點小酒但沒有醉，所以坐著等待時光流逝。

突然間，下一個畫面我看到了自己，我清楚看到自己坐在卡拉OK房間內的沙發上，閉上眼睛正在睡覺，而我的視覺是從房間天花的一個角落望落去，我還看到坐在我旁邊的朋友。

看到自己在睡覺，感覺非常詭異，突然間有一種恐懼感從心裡面出現，因為我覺得我可以嘗試繼續向上升離開那個房間，此時心裡面有點掙扎，很快地，下一個畫面已經是我回到自己的身體，整個過程大概只有幾秒鐘。

意識回到自己身體之後，感覺就像平時睡醒一樣，當我望一下幾位朋友，他們的排列位置和我靈魂出竅時看到的是一樣。

通常聽到靈魂出竅的事件都會覺得誇張或瘋狂，因為一般情況也是沒有先兆就突然發生，又或者像我的情況一樣，在疲累、意識薄弱、半夢半醒、手術中或瀕死經歷等的情況出現，旁人都會覺得是一種幻覺。

當初我覺得靈魂出竅是一件接近死亡時才會發生的神秘現象，後來覺得並不一定和死亡有關，更可能是我們腦波減弱或變化的現象，不過大前提是你如何看待「靈魂」這回事。

世界各地都有不同的靈魂出竅事件，亦有不同解釋，但沒有辦法去證實，視乎大眾相信的角度。

科學解釋是腦部受損或受影響引致認知上的錯誤，導致出現幻覺。但一些案例靈魂離開身體之後，可以從其他角度清楚看到當時現場環境的細節，例如一位意外昏迷做手術後甦醒的病人，可以清楚說出手術室內醫生護士的名字，原因是他在出體時好奇看了醫生胸前掛著的名牌。

我在靈魂出竅的瞬間因為太意外和太短時間，所以沒時間去記低一些蛛絲馬跡，不然便能更進一步證實。

靈魂的重量是二十一克，是一百年前，由一位來自美國的醫生鄧肯．麥克杜格爾（Duncan MacDougall）所提出，他量度了彌留病人到死後的重量，發現病人在死亡的一刻重量減少了二十一克，靈魂只有二十一克這個說法既驚人亦浪漫，曾經有一部電影《二十一克生命有多重》亦以此作為題材，但後來研究資料時發現，原來這個實驗只測試了六位個案，而每次得出的答案亦有差異，二十一克只是在最後判斷出來的結論。

我相信靈魂，但若然沒有靈魂的話，我們每個人就等同於機械人嗎？這說法實在講不通，我們每個人的腦袋及運作都是獨特的，靈魂這回事好可能並不是我們一般認為的是「一縷煙」或「一個靈魂」，而是藏在我們每個人體獨特的運作中。

氣功治療？

我在中學五年級左右突然對音樂有興趣，其實早在中學三年級已經學過結他，不過當時籃球的魔力太大，只玩了兩三個月結他便放低了。

能夠用喜歡的事情來當自己的事業是非常幸運，正式當上歌手和第一次公開演出時的我只有十八歲，從來沒有認真地計劃過自己的人生，從籃球學懂了夢想，所以一直只懂得跟著夢想。

夢想是夢幻的，就算實現夢想也要顧及細節，可以用音樂來當自己的事業非常幸福，但音樂以外也有其他的生活，夢想用音樂生活不等於同樣擁有快樂生活。

十八歲工作頭一年感覺非常新鮮，每天進行訪問、演出、出席不同類型的活動等都會遇到不同職業身份階層的人，不斷認識新事物新朋友，活力充沛，完成一整天工作晚上仍然可以約朋友食飯暢聚聊天，改天又再繼續工作，日日如是。

遇過的人有很多，想分享一次古怪經歷。

記得一次打籃球傷了小腿，雖然影響行路但並不是太嚴重，之後一位朋友帶了我去見一位氣功師傅，說可以幫我加速傷勢療癒，那時我對氣功只是聽說過而已，覺得是上了年紀才會學的東西，但我一向喜歡古靈精怪的事情，當然樂意嘗試。

朋友帶我去一幢住宅大廈，乘搭升降機然後進入了一個像普通住宅的單位，單位內的大廳有不少人在排隊，好像在等候診症似的，之後朋友帶我進入房間和氣功師傅見面，我告訴他小腿表面看來沒有傷勢不嚴重但內裡有扭傷的情況，影響行路。

那位師傅回答說我小腿的傷勢應該不淺，所以他會立即幫我治理，我記得他像一般鐵打師傅般按壓了我的小腿幾下，然後叫我不要動。他突然拿起了一瓶透明玻璃樽的液體喝了一大口，然後運功，再把那一口液體向我的小腿用力一噴，那一刹我沒有特別的反應，只是「哇」一聲感到詫異，那一瓶液體應該是酒精。

被噴得一腿酒精後我有點發呆，然後氣功師傅繼續用手按壓我的傷患，突然間，我發現我的整條小腿竟然發紫！整條小腿都呈現撞傷的紫色瘀血！

我驚訝地用手抹一下小腿，並懷疑那位師傅的玻璃樽內的是否染色液體，師傅說那是我的內傷呈現了出來，已經幫我加速療癒，待紫色瘀血散去便可以，一般這樣傷勢的康復期大概要幾星期，現在經氣功治療後一星期左右便會康復。

因為小腿十分嚇人，之後的十幾天出席大大小小的場合都要穿長褲或用白布包住紫色瘀血位置，那時正值夏天，所以經常弄得大汗淋漓。

我之後再沒有回去氣功師傅那裡，一星期後瘀血慢慢消退，小腿真的快速地回復過來，但我不肯定痊癒是否氣功師傅的功勞。沒有回去接受第二次治療的原因是，總覺得那位師傅及那個地方有點不對勁，但又說不出是什麼。

不久後朋友告訴我，所有人都找不到那位師傅，不知道是失蹤了還是「走佬」了……

初遇能量治療

「萬事萬物一切也是能量。」

十八歲開始唱歌拍戲不久，已經獨自從新界區搬了出去九龍，需要慢慢學習照顧自己日常生活，回想一下，其實我一直以來都沒有認真思考及管理自己生活各方面，只是隨遇而安，見步行步。

出來工作頭幾年見過不少醫生及治療師，原因並不是身體健康特別差，反而是有點無病呻吟。有時候工作時間長導致身體狀態不佳或只是太累壓力大，就會立即去看醫生，除了醫生配方的藥之外，和醫生見面聊天也是一種解藥；這樣慢慢成了一種嗜好。

終於一次真的感到身體不妥，那時家人定時都會來我家短聚，母親有時會煮好一些飯餸帶給我，一天早上起床時母親已經來到，還預備好午餐，但我感到胃部不適而沒有胃口，而胃部的不適感已經不是第一天出現，斷斷續續地已經一段時間。

母親緊張打聽之下我才認真思考並回答，胃部的不適感和一般胃痛不一樣，我當時形容為「個胃好似好空」，然後會悶悶不樂，有少少抽住但又不是胃抽筋之類，而症狀出現的時間是在睡醒的一刻就開始了，感覺似是在睡眠中便開始發病到睡醒。

當時生活作息不定時，所以空閒時嘗試調節一下，發現這個症竟然在正常作息時間也會出現，反而有時通宵工作並沒有任何症狀。試過服用不同的胃藥也沒有特別幫助，試過不適時立即「填飽個肚」亦沒有幫助。它出現的時間不一，但通常是在起床的時候，有時持續一兩小時，有時候會耐一點，有時會同日內復發，試過身體檢查亦找不出問題，總之就無定向出現不適，好難捉摸。

這樣不適斷斷續續維持了差不多有一年，然後同樣經朋友介紹，說有一位外國來港的靈性治療師會於香港短暫逗留並接受預約治療，說靈性的原因是因為當時自己和朋友都不懂分辨身心靈裡面的系統，以為靈性（Spiritual）就是整個範疇，有時甚至會說是「迷信嘢」。

好奇的我又再作一次新嘗試，帶著什麼都不知道的狀態去進行靈性治療。

那天去了中環一幢商業大廈，進入了一個辦公室的單位，裡面有一個活動室和辦公桌夾雜的房間，其他細節不記得太清楚，只記得天花是一排白光管（5500K那一種），中間放了幾張摺疊按摩床，就是這樣。

治療師是一位外籍女士，我的英文水平一般，所以只是簡單地用幾句描述我的健康狀況，就連胃部的不適也只是輕輕帶過便開始治療。

她請我躺下來，放鬆，並引導我深呼吸，然後便叫我閉上眼睛，因為在場亦有朋友同時接受治療，所以我亦沒有什麼大的疑問便跟著治療師的指引。

閉上眼睛後感覺治療師在我頭部的位置待了一會，便行到我的身旁，然後去到我腳掌附近，過程完全沒有接觸到我，卻感覺到一些暖流。雖然聽起來有點詭異，但回想那位治療師的氣場非常溫和正氣，所以令人有安全感。

就這樣不知道過了多久，開始有點不耐煩，想打開眼睛了解一下情況及時間。

中途有一段時間有點睡意差不多睡著，但自己神經緊張所以撐著，結果睡意亦過了。

沒有耐性的我開始不斷移動身體，用力呼吸，終於過了一會，治療師輕拍我的膊頭說治療完成，我終於鬆一口氣。

完成治療後我以為又再遇上氣功師傅事件，然後治療師和我簡單分享了幾句我的健康狀況，當時我只在意自己的胃部問題，而用英文亦不能順利表達和溝通，所以有點不知所措。

之後那位治療師沒有繼續說下去，只是親切地看著我，然後用手放在她的胃部做了一個"No"的表情和手勢，接著再用手放在她的頭部做了一個"Here"的表情和手勢。

這個畫面對我來說非常深刻，頓時有點「叮」一聲的感覺，因為從來未遇過有人提示我這一點，她對我說的是我並沒有胃病，我的胃痛並不是來自胃病，而是來自我的情緒和壓力。

完成治療後我才恍然大悟，立即做了很多關於情緒病和身體關係的資料蒐集，發現胃部不適和焦慮原來有直接關係。

當時在網站做了一些情緒病測試，是那些有二十個問題及五種程度答案的選擇題測試，最後計算分數，得出的結果是「請立即尋求專業人士協助」，我有患上焦慮症的機會。

在這段時間我發現我的胃痛好像得到了舒緩，我不肯定是什麼原因，到多年後我才知道，那一位外國來的靈性治療師對我進行的就是靈氣治療（Reiki Energy Healing）。

認識自己

「深入潛意識，連結過去未來。」

受到能量治療師啟發，才知道原來我們需要關心自己，要了解自己。

第一步是認識自己的身體構造及運作模式，那一刻我才認真留意自己的身體，亦明白每個人的運作和構造都各有差異，因為一直以來本住自己年輕力壯，根本不注意健康。

例如我中學經常打籃球便誤以為自己是運動健將，中五那一年運動會參加的項目從短跳到長跑、跳遠到跳高，如果不是比賽項目之間重疊的關係，幾乎要報名參加所有的比賽。

運動會當日沒吃早餐，狀態亦不佳，然後一個比賽接一個比賽，終於在四百米比賽衝線時突然眼前一黑暈倒了，老師立即叫救護車把我送往醫院急救。

這次算是人生其中一個最嚴重的受傷，鎖骨骨折移位，而且之後處理不善導致現在有後遺症。

出來工作後如果母親沒有帶飯餸來探望的話，不論早午晚餐通常也是快餐即食麵解決。

除了身體上的健康，精神上的健康也一樣照舊不理，感到壓力爆煲就約朋友玩天光然後蔫頭耷腦地工作，以為這就是減壓其實更加消耗。

當上歌手，原來是當了一個藝人，需要懂得百般武藝，因為每天遇到的工作內容都不同。工作不定時亦不穩定，可能這個月在拍戲，但下個月沒有工作；用放鬆玩樂的心情面對，但內裡需要認真地工作。

從來不知道壓力是什麼，在胃部不適的那段時間，家人也留意到我的狀態有些不妥，不過我們一家人比較簡單純樸，很多事情都覺得捱一下就會過，所以沒有留意到情緒問題，亦會簡單以為是工作不順利或心情不好之類的事情。

有一次發生了一件事，現在回想其實是一個警號。

那天晚上凌晨三四點左右，悶悶不樂睡不著，煩惱著各種各樣的事情，感覺好像所有在腦海出現的念頭或事情，也會形成問題和困擾，很難找到解決辦法，會擔心事情往壞的方向發展，一直想一直想，無止境地想。

突然間想找信任的人傾訴，立即想到家人，那時我爸還在生，我和他關係不錯，經常會約出來見面飲茶傾偈談天說地，所以我沒有考慮便致電他，深夜時分把他吵醒。

爸問我發生什麼事時，我告訴他：「好大壓力搵你傾吓偈。」

那一刻父親亦感到錯愕不懂回應，結果閒聊幾句，終於我說：「都係冇事。」便掛線。

第二天早上父親便緊張地來到我家，見到我安然無恙，便怒斥我一頓，說我把他嚇壞了，結果這天我們談得不愉快，算是由細到大兩父子第一次「嗌大交」，因為我從來都非常尊重父親，盡可能都不會反駁一句，但唯獨這次。

家人知道後都很擔心我的狀況，所以經常會帶飯餸來探訪，而我的胃部不適，就是在這段時間發現的。

「人體就如一部電腦，若然不同品牌及生產地，電腦的性能也會不同。」

一個人除了體質及體格會跟別人有所差異之外，精神、心靈及意識也是其中一個項目，每個人承受壓力的程度也有差異，對每一件事的看法及感受也會有差異。

如果我早點了解自己是哪一種體格，便不會在運動會上以為自己是鐵人，把參加的項目迫得密密麻麻，可能就會避過嚴重受傷。我從來也不是力量型或耐力型的體格，而是爆炸性類型，力量消耗得很快，適合需要爆發力的運動，所以短跑比較適合我，而且每次消耗能量之後也必須要有足夠休息。

如果我早就知道自己對牛奶敏感，就不會每朝早餐喝一瓶牛奶，引致時不時就在乘車途中腸胃不適；如果早就知道自己吃白米飯之後在體內製造脂肪會較一般人容易，我就不會在減脂時仍然每天早晚吃兩碗白飯。

心靈也是一樣，如果能早一點管理自己的情緒，了解自己的抗壓能力，生活或者會過得比較容易一點。

我認同需要挑戰自己，但挑戰的意思是經過有系統和知識，然後在不斷訓練的過程中提升從而發揮自己最大的潛能，並不是盲目地做一些自己能力範圍以外的事情。

意識等級

「一切也是能量。」

這個概念是來自愛因斯坦所提出的理論。

而量子力學裡面也有一個理論：「每一種物體都是一種能量，物質的本質是能量。」

我們的意識，或者可以說是我們的情緒也是能量，而這種能量已經被研究人員測量出。

著名的大衛．霍金斯博士（David R. Hawkins）運用肌肉動力學以及精密的物理學儀器，經過三十年時間臨床實驗，在世界各地做了過千次測試蒐集百萬則研究資料，經分析後發現人類的意識層次都有相對的量度數據，從而得出了以下的圖表。

等級	
700+	開悟
600	安詳
540	喜悅
500	愛
400	理性
350	接納
310	意願
250	中立
200	勇氣
175	驕傲
150	憤怒
125	欲望
100	恐懼
75	悲傷
50	冷漠
30	內疚
20	羞恥

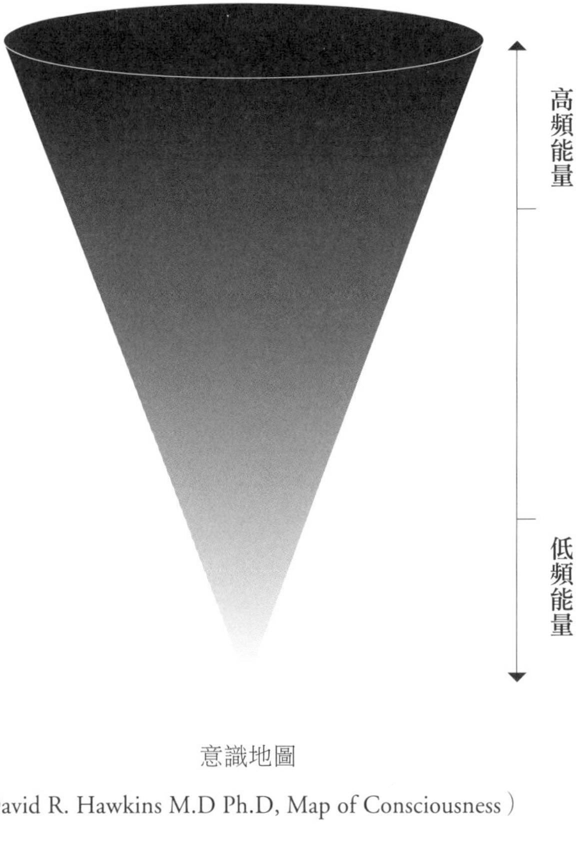

意識地圖

（David R. Hawkins M.D Ph.D, Map of Consciousness）

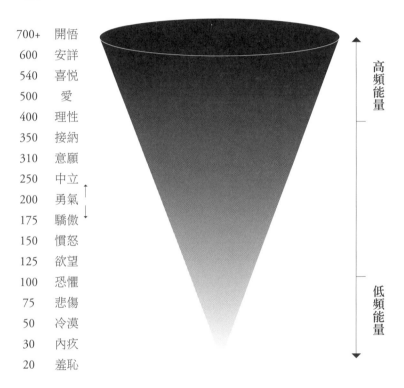

圖中每一個能量數值代表一個意識等級，每一個等級會發展出不同的情緒、人格以及行為（有興趣可參閱大衛·霍金斯博士《心靈能量：藏在身體裡的大智慧》）。

我們的每個情緒都是不同的能量，不同的震動頻率，一般我們會用正負來分別，正能量會有正面的想法，態度及行為，反觀負能量就會帶來負面行為，所以正能量和負能量並不是隨便說說，是自然界的法則。

每一個人的意識會同時有多種等級，而日常大部分時間都會處於其中一種主要等級，這就會斷定這個人的能量以及屬於那一類人。

「焦慮」處於一百數值，這種意識等級的人會對人生會感到恐懼、自責，而在生活中很多行動及計劃會退縮。

我當時就是處於這個狀態，面對很多事情也覺得恐懼，就連在家中的時候也會把所有窗簾關上密封因為怕被狗仔隊偷拍。

面對計劃亦會退縮，那段時間對製作影片產生了興趣，約起心肝自資製作一套短片，劇本寫好，服裝道具亦準備好，就連幕後工作團隊都差不多組成，臨近拍攝前焦慮不斷出現，遇到任何帶有負面的說話就會把負能量放大十倍，例如：「會唔會拍唔成？」、「拍出嚟有咩用？」等，便會不斷往負面去想，愈想愈恐懼。

終於我決定把拍攝計劃剎停。

「當有天抱怨上天為何對自己如此苛刻的時候，嘗試靜下來想一想，對自己苛刻的其實會否就是自己。」

我們的情緒每一刻都在變化，會不斷起伏，但最後會回到一個穩定的意識等級，那就是真正的自己，而這個真實的自己是可以改變的，協助改變的方法有很多，由負變正需要逐少逐少提升，改變自己的意識。

經過一番資料搜集和觀察，發現除了每天適量運動之外，每樣吃進肚子的食物也會影響焦慮的程度，而碰巧那時有朋友發現了一件有趣的事，就是「打通任督二脈」。當時我和朋友之間會分享一些能夠打通任督二脈的聲音導航檔案，內容是一首柔和的背景音樂，然後配上一把人聲帶領呼吸及感受身體，其實就是現在的冥想引導。

寵壞機制

「思緒就如一條河流，川流不息。」

我對「打通任督二脈」這回事感到有興趣也覺得好笑，因為小時候看的港產片出現的打通任督二脈，通常是來自笑片或一些笑話，但話雖如此，我是相信的。

焦慮會導致人坐立不安、恐懼，人體的本質是要維持生存，所以在面對危險時會自然作出反應，而我們的腦袋也同樣擁有這一種機制，我把它稱為「寵壞機制」。

寵壞機制是一種反應行為，這種行為可以來自刻意訓練，但通常是來自習慣，這些習慣的形成一般是隨意而未經嚴格調查，亦可以把這種機制比喻為一位慈祥的母親，她會用親切呵護的方式去滿足兒子，久而久之兒子便會變成被寵壞的小孩，而我們就是這位小孩。

當焦慮出現時，腦海裡都充斥著負能量，把事情不斷往負面方向推斷，然後我們就會坐立不安，手心冒汗，此時身體亦會因負面情緒而受到影響，腸胃部分會因緊張而綳緊，然後會透過疼痛向我們作出警報。

這個時候有些人習慣用腸胃藥來制止痛楚，但痛楚的原因根本不是腸胃問題所致，所以藥物不會有作用，痛楚一直維持，身體知道我們沒有辦法處理，便會自救。此時寵壞機制便會順勢啟動，大腦會出現一些最舒服簡單，能夠驅使我們行動的想法，這些行為可以舒緩我們的壓力，例如暴飲暴食、抽煙、酗酒、運用藥物，一些成癮症狀就是由此而起，更嚴重甚至會做出一些極端行為如自殘，輕則「咬手指」、拔頭髮，重則抓傷皮膚甚至用利器傷害自己。

這些都是簡單快捷的舒緩方法，治療師或醫生會建議用健康的活動舒緩，例如跑步、散步、聽音樂或其他能夠分散注意力的健康嗜好，但焦慮意識等級在負面水平，而健康活動是在正面水平，所以當一個人處於負面狀態時，鼓勵他去做正面活動根本就是空談，他們當下是需要能立即解決問題的辦法。

用抗焦慮藥物是緊急情況的解藥，但一次、兩次、三次之後，寵壞機制的最新程式便會寫好，每當同樣情況出現時，機制啟動便會立即想到食藥，之後幾個月都同樣用藥物控制病情，然後抗藥性便會出現，身體適應了該種藥物之後，醫生就處方另一種更強的藥，幾個月後又加藥，直到藥物已經對身體沒有效果，然後又要再找尋另一種辦法。

我不是反對藥物，因為在現代社會的意識層裡，藥物是一項偉大的發明，能在緊急時救人一命，但若然成為了依賴便會做成反效果。

寵壞機制經常都會出現，焦慮情緒只是其中一個例子，而其他情緒狀態都會啟動這個機制，例如懶惰。

約起心肝準備開始減掉五公斤的運動計劃，此時寵壞機制便會介入，它會找藉口或原因去掩蓋我們不想運動的惰性，然後這是一個歷時非常長久的連鎖反應，例如到海邊跑步，寵壞機制和連鎖反應發生之後，我便會說不去跑步是跑步徑非常沉悶，或者跑步徑的路非常崎嶇，用藉口支持自己不去跑步並不是因為自己懶惰。

對付寵壞機制的辦法首要，是知道這個機制是否已經植入自己的腦袋，並判斷這個機制是否正在運行中。

當日常情緒在正面狀態，記低什麼是正能量和負能量，在寵壞機制又再出現時立即提醒自己。

冥想

「情緒的變化牽動整個身體內的細胞。」

冥想（Meditation）是日常方便且有效的保健方法。

聽過不少人對冥想帶有誤解，例如冥想會吸引負能量甚至「撞邪」，不知是從何而來的謬誤。

冥想是一種對身心靈都有保健效果的活動，也能讓腦袋放鬆下來，進入緩慢的腦波狀態，然後可以在廣闊的智慧寶庫裏面尋找資訊。

冥想近年在世界各地愈來愈流行，細個聽到打坐會覺得是一種牽涉宗教的沉悶事情，直到自己嘗試過之後才放下偏見。

那段時間母親經常會來我家作客，其實是想陪伴我，怕我一個人會覺得寂寞無助，我口說沒有這麼嚴重，但母親最明白兒子的內心，就算我不斷否認，她也堅決要待在我家。

一天晚上焦慮情況出現，寵壞機制啟動，想找朋友傾訴，想出去走走。

在旁母親不准我亂跑，我故作冷靜以免她發現我的焦慮嚴重程度，所以我乖乖回房休息，突然間想到了那段「打通任督二脈」聲帶，因為那段聲帶長度有四十五分鐘之長，所以一直以來也沒有認真聆聽，那一刻正好適用。

播放聲帶嘗試聽聽，柔和的背景音樂，然後有一把男人聲音用國語旁白，其實四十五分鐘對當時的我來説已經是一個挑戰，加上不熟悉的語言更為困難。

跟著聲音導航留意自己呼吸，留意能量在身體流動，在開始的頭十分鐘有點想把它關掉，但好奇聲帶後段會不會有意外驚喜，所以繼續堅持下去跟著指示進行，感覺愈來愈自然，不經不覺便過了四十五分鐘，聲帶也隨之完結。

完成「打通任督二脈」冥想呼吸之後，其實我仍不清楚什麼是任督二脈，也不知道有沒有被打通，但驚訝的是所有焦慮感都消失了，腦袋很清靜，繃緊的身體得到放鬆，胃部痛楚亦舒緩了，原來冥想是有這樣的功效！（那一刻腦海有閃過以為自己的任督二脈真的打通了。）

之後幾天感到輕鬆，狀態良好，在音樂室玩吉他找靈感寫歌，做運動，沒有焦慮，情緒也穩定。

每當負面情緒持續也會用這段聲帶來舒緩，把我從低意識等級提升，冥想是可以有效舒緩情緒問題。

有一點需要注意，在負面想法充斥腦海的時候要控制自己用正面行動解決，是要用雙倍力量，因為負面情緒會吸引負能量並誤導我們，身體在那一刻會和正能量抗衡，會認為負面狀態是舒適圈想繼續逗留，這時我們的意識會有點混亂，但只要踏出第一步行動，例如立即外出散步、跑步、冥想、看書或進行其他健康的活動，總之再讓自己動起來，便能逐步逐步減低當刻的負面情緒。

踏出「第一步」去改善突發負面情緒狀態，是要靠日常練習，不斷提醒自己或記錄下什麼是正能量，找出能夠舒緩自己負面情緒的特定方法，在問題出現時執行。

不建議依賴藥物，藥物是在最嚴重的情況才使用，例如出現對自己及別人有傷害性的念頭。

憑日常訓練改編自己的寵壞機制，例如運動、沖一個熱水涼、冥想、接地練習、聽音樂等，低意識等級並不是一時三刻能夠解決，要一點一滴慢慢培養，慢慢地會提升到更高等級，這是自然界定律也是宇宙運行模式。

案例分享

所有事情也要行動才有效果，我的一位學生患有情緒病及身體病患，需要服食精神科藥物亦進行過手術，她的辛酸經歷既神奇亦非常鼓舞，得到她同意之後可以分享，期望把她的經歷轉換成正能量分享給大家。

林同學在二零一六年發現肝臟有一個七厘米的腫瘤和一個兩厘米的腎上腺瘤，結果要做手術切除肝瘤、腎上腺和膽，經過一段時間復原，到了二零一九年竟然不幸發現腦癌，而癌細胞的位置亦不適宜做手術，需要定期做磁力共振監測，之後同年年底竟然意外地再發現子宮肌瘤。

種種的健康狀況令她的情緒低落，長期處於焦慮及抑鬱狀態，四處尋找舒緩辦法，兩年前被診斷患有情緒病，需要同時服食兩種抗焦慮藥及一種抗抑鬱藥。

林同學經過兩年不斷服食精神科藥物抑制住焦慮症和抑鬱症，覺得繼續用藥物也不是辦法，機緣巧合之下留意到我的靈氣自然療法課程並報名參加，希望可以尋求解決或舒緩的方法。

我的課堂內容除了教授靈氣治療的方法，還會做靈氣療法裡的重要環節「靈授」（Attunement），靈授是導師為學生打開靈氣能量管道的儀式，讓學生能夠接收治癒靈氣能量，然後可以運用靈氣來療癒自己和別人。

林同學完成初階課程之後繼續積極自我療癒，每天冥想，亦出現「嘗試戒藥」的念頭，結果第二天便自發暫停服藥，三天過去，竟然沒有出現焦慮及抑鬱症狀，亦沒有出現流鼻水或其他停藥後的症狀，失眠同樣得到改善。

「老師，我成功三日無食鎮靜劑瞓覺，除咗食血清素。平日要凌晨先休息到，而家晚上十點多就要瞓覺。

比起以前食藥後瞓醒，而家係超級精神，我而家每日努力練習，對住自己所有病痛做各項治療。

感恩上咗寶貴嘅一課，好神奇亦好有效，我會加油，感恩老師，感謝老師。」——林同學

當時我收到她傳來這個訊息覺得非常開心及感恩，因為那時我開始教授靈氣療法還不到一年，很多事情也在摸索中，很希望可以讓所有學生都能夠在完成課程後學懂靈氣及有所得著，對生活有正面的幫助，所以收到林同學的訊息我也覺得很鼓舞。

得到顯著效果後林同學繼續每天定時冥想，幾星期過去，奇蹟地就這樣她戒掉了精神科藥物，

焦慮及抑鬱症狀也減輕了很多，讓她回復正常生活。冥想代替了藥物，讓她的腦袋清靜下來。

之後我再收到她另一個消息，就是癌症的檢測報告出來顯示狀態良好，暫時可以不用擔心，醫生也感意外。

當時我教授了兩個冥想練習給林同學，其中一個是之前提到的接地，而另一個練習現在就分享給大家。

練習四：淨化氣場冥想

我們每天有無數的念頭，會接觸到不同的人，會去過不同的地方，當中不乏一大堆負能量，這些負能量會影響我們的氣場，使氣場變得混濁，影響我們的健康，這個練習可以淨化不屬於自己及身體不想要的負能量。

在一天忙碌過後，晚上騰出十五至二十分鐘的時間來做練習，有益身心同時亦可以整理腦袋雜亂的思緒。

1. 預備十五至二十分鐘左右的時間。

2. 找一個安靜的地方，不會被打擾，安全及寧靜。

3. 坐著或躺下也可以，找一個自己最舒適的方法。

4. 閉上眼睛。

5. 深呼吸，把壓力、擔憂呼出。慢慢放輕呼吸。

6. 想像頭部上方有一道白色光照耀著自己。

7. 白色光慢慢散下來包圍自己身體。

8. 感受白光到達自己的頭頂，然後去到額頭、鼻尖、嘴巴、下巴、兩邊耳朵、後腦，然後感受白光把整個頭部包圍著。

9. 白光繼續散落，向著兩邊膊頭、手臂、胸前、肚部、背部、腰部包圍身體。感受身體被白光包圍，感到清涼、舒服。

10. 白光繼續包圍雙腿，大腿、膝頭、小腿、腳掌。

11. 整個身體被白色光包圍。

12. 感受能量流動。放鬆。

13. 感受白光淨化自己的氣場，淨化肌肉、淨化體內細胞、淨化我們的脈輪（人體能量中心）。

14. 靜靜地待在白光裡面，放鬆身體，讓白光發揮淨化的效果。

這個練習可以運用不同顏色的光的能量作出不同的功效。

如果過程有雜念出現不要刻意阻止，順其自然，讓思緒自然運作。

如果感覺白光消失了，可以從頭做一次，讓白光再次包圍自己。

可以在睡覺前做這個練習，若果有睡意可以直接自然睡覺，不用執著於自己正在冥想。

十五至二十分鐘只是建議，時間長短不重要，重要的是能夠發揮效果，完成後會感到頭腦清靜了，身體輕盈了，正念亦會多了。

靈異偵探

「過去、現在、未來，同時在發生。」

冥想不單幫助了林同學，也協助了當時二十歲出頭的我，說「協助」是因為當時我並沒有導師指導我應該如何冥想，當中的細節功效和方法也一無所知，只是單純地「打通任督二脈」。

焦慮仍然斷斷續續出現，不過覺得「胃部好空」的症狀已經改善了。

在我二十歲到三十歲左右是尋找自我的時期，我是「人類圖 1/3 型」人格，這類型人在人生旅途會不斷去「嘗試」，縱使該技術已有行不通先例，1/3 型人仍然會踩入去嘗試；縱使一件事情已經有前人深入研究，亦不怕浪費時間會由初學開始，原因不是固執或其他負面意識，而是嘗試和發掘，這樣世界才會不斷進步。

有一段時間報紙雜誌流行找藝人寫專欄，碰巧我有興趣亦遇上介紹所以就開始了寫作。

那時候有很多埋在心裡面的說話想抒發出來，本來記者只想找藝人簡單寫一下生活趣事之類的閒情文章，一兩個星期交一篇就行，結果我就開始寫作，一下子寫了十多篇，交稿速度比出版速度還要快。除了心裡面有很多事情想表達之外，賺取生活外快亦是一個重要的原因，那段時間想集中專心做演員，殊不知事與願違，一年只參與一兩部電影拍攝，差的話一部也沒有。

寫專欄一事更激發了我在寫作方面的興趣。其實早在中學時已經有寫作興趣，試過功課要交一篇四百字的作文，結果我交了一千多字，而最後得到的評分是一個大交叉「離題」。

之後我開始創作故事、劇本，記得在二零零九年，一天和家人吃飯時腦海突然閃過一個想法，一個關於一位靈異偵探的故事。晚飯後回家便急不及待開始創作，描繪出故事主角、配角及故事大綱等等。

一星期之後出席一個香港書展的活動，活動後遇到一位出版社編輯邀請出版書籍（當時出版社流行找藝人出相集或生活記錄），我便滔滔不絕地把靈異偵探的故事告訴她，相信那位編輯當刻亦對我有點懷疑，因為好可能她只想找我出版一些藝人生活記錄相集，沒想到我竟然提出出版小說的計劃。

當天回家後用了一晚時間寫了三個章節，共八千字的小說大綱，第二天便發給出版社來證明自己的熱誠和能力，亦立即得到了三集小說的合約。

寫作收入很少而且費時，當時寫小說的舉動其實是想圓夢，因為細個曾經有過一個出版恐怖小說的夢想。當時靈感是來自母親經常說給我聽的鬼故事，之後我買了一本沒有橫間底線完全空白的簿開始寫作，在第一頁寫了故事的開端「學校裏面有一個魔瘋……」，全書只有這一句，因為我再不懂寫其他中文字，這就是我在七歲時完成的人生第一部小說。

終於在二十年後，二十七歲的時候出版了一部完整六萬字的小說，而且還不只一本，是一個小說故事系列。

整件事情的發生首先是一個想法萌生，因為正能量而會有行動，行動便會產生訊息向宇宙發出，若然該事情和宇宙接軌，便會順利發生。

這已經不是顯化的問題，是宇宙安排，更是早已安排好？是過去、現在、未來同時存在，因為並沒有「早已」甚至「顯化」這些事，只有當下，當下作出的每一個決定都在改變過去、現在及未來。

你是哪一類人

「世界是我們內心的投射。」

當時我的小說主題想要探討「矛盾」這個問題。

麻生故事系列《麻生．尋鬼記》主角麻生先生是一位私家偵探，主要調查一些靈異奇怪事件，他很想去相信世界上有鬼神的存在，身邊人都遇上不同的靈幻事件，但偏偏是他看不到。

有這個矛盾的想法來自我和我哥，中學時我和他睡在一個房間，他睡上格床，我睡下格床，由細到大阿哥總會分享他「撞鬼」的經歷，若然他所說的都是真話，為什麼在同一個房間內的兩個人會見到不同的東西？

有一晚睡覺的時候我突然全身動彈不了，阿哥就睡在上格床，咫尺之間，我很想大聲叫他但連聲音也發不出，然後感到有東西從房門慢慢逼近，非常恐怖，我極力掙扎，在那不明東西差不多來到我身邊的時候終於可以郁動，打開雙眼後才發現原來自己正在睡覺，原來是「被鬼壓」。

「矛盾」這個問題就是這個時候出現，「被鬼壓」對我來說是真的，假設我告訴阿哥然後他相信我，但在我們之間「被鬼壓」這件事其實並沒有「真」與「假」，因為經歷的只有我，是真是假只有我知道，就算我哥相信也並不代表這件事是真的，只是他相信而已。

真與假只是個人的判斷，假設我和阿哥一齊見到一隻直徑十米長的鮑魚，不過沒有拍下照片，對於第三者來說也沒有真或假這回事，只是少數服從多數的問題，更加不能斷定世界上存在一隻十米長的鮑魚。

我的小說主角就是希望破解自身的矛盾，所以用盡一切辦法「見鬼」甚至當上了偵探調查靈異事件。

把這個矛盾套用到今天的年代，就算影片拍到有UFO以反重力在空中移動，觀看影片的人亦會懷疑影片真偽，因為UFO並沒有出現在他眼前。「我思故我在」所有事情也是出於我們的觀點，一位流浪漢衣衫襤褸在坐在街邊，有人可以覺得他會帶來危險；亦有人會怒罵該政府管理不善導致經濟差製造貧窮；又會有人對流浪漢背後的故事好奇，對他一點防備心也沒有反而想了解他多一點；也有人對他產生憐憫之心，希望自己能夠幫助他走出困境。

眼前的世界就像一面鏡子，取決於個人的觀點及睇法，就算世界再壞，用樂觀正面的態度看待，你的世界便不是壞。

低意識等級的人看待事物都經常都會批評、批判、排斥、憤怒、輕挑、怒罵、刻薄、驕傲、怪責、推卸責任、謊言、妄語等，出發點是負能量，他們用言語攻擊別人，目的是想別人同樣以憤怒還擊，這樣便可以展開一場爭執，把別人拉到和他們同一個低等負能量水平。

其實製造負能量的同時自己也需要承受，生活不會過得快樂，如果不幸發現自己有這情況便立即制止自己，提醒自己要改變自己的態度，人體這部電腦是可以安裝新程式，只需要覺知和行動。

如果發現別人有這類情況，可以提醒或用自己的行為去影響他們，但不要試圖去改變別人，因為想改變別人也是一種負能量，這也牽涉因果關係，別人來到地球生活是為了經歷他的生命，若然你選擇介入了他的生命，就要知道那並不只是一時三刻的事，會是一世的責任，因為你將會改變他的人生。

高意識等級的人會用正面心態看待事情，接納、欣賞、關懷、憐憫、慈悲、愛和珍惜等，他們會有自信，明白所有事情到頭來需要自己負責，有勇氣自己承擔自己的責任，為自己的生命負責。

此外亦會充滿正能量，能夠處理很多事情，生產力及效率會很高，為世界帶來正面的影響。

那段時間總共推出了四集小說，主角麻生先生其實就是我當時內心的縮影，一方面認為理性思維是正途，另一方面又充滿靈性地知道科學解釋不了一切，故事的「矛盾」其實就是我向自己提出的疑問。

人體能量中心

寫了四集小說也不夠探討「矛盾」這個哲學問題，結果慢慢發現理性思維並不會帶給我真正的快樂，開始逐步回歸靈性，尋找不同的身心靈治療系統，因此認識了脈輪（Chakras）。

脈輪又稱人體能量中心，是來自印度的知識，脈輪就如穴位經脈一樣遍布全個身體，但主要的脈輪只有七個，代表著人體最重要的器官。

七大脈輪能量由人體的根部開始，第一個是海底輪（Root Chakra），往上第二個在丹田附近的位置是臍輪（Sacral Chakra）、然後到大陽輪（Solar Plexus）、心輪（Heart Chakra）、喉輪（Throat Chakra）、眉心輪（The Third eye Chakra），最後是頂輪（Crown Chakra）

七大脈輪能夠應付一般應用，現在一些人的新研究指出有第八大脈輪，甚至第九大脈輪，如果有興趣可以參考其他專門研究脈輪的書籍，但七大脈輪已經足夠解釋一般人體狀況。

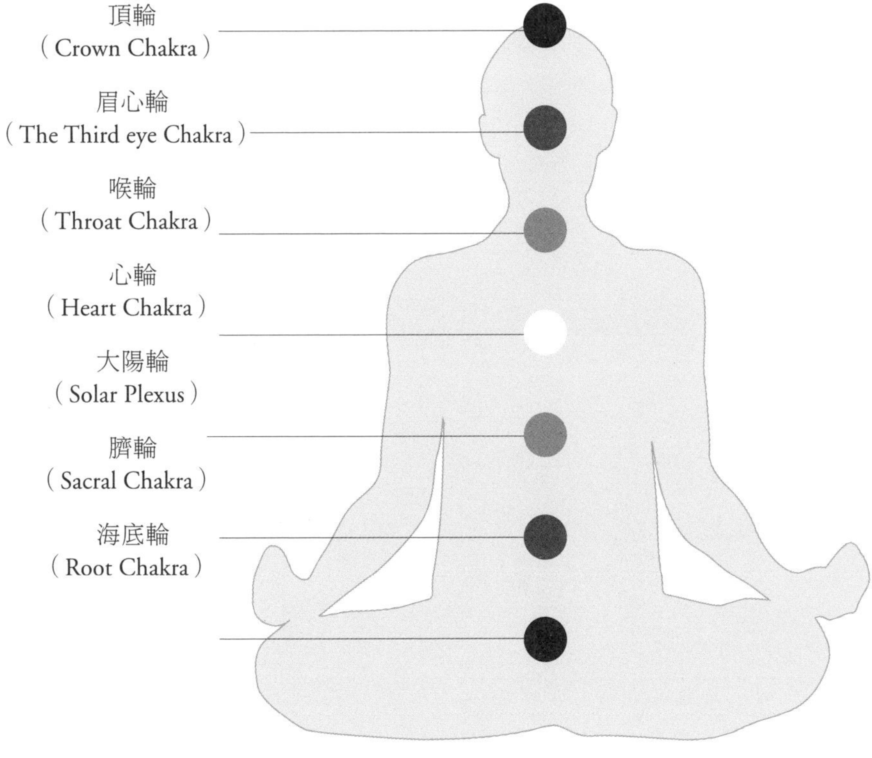
頂輪
（Crown Chakra）
眉心輪
（The Third eye Chakra）
喉輪
（Throat Chakra）
心輪
（Heart Chakra）
大陽輪
（Solar Plexus）
臍輪
（Sacral Chakra）
海底輪
（Root Chakra）

每個脈輪都代表著該部位的器官，當脈輪的能量有阻塞或過度活躍時會出現不適，會出現負面狀況，脈輪最好的狀態是平衡，能量順暢溫和地流動，會有正能量和健康。

焦慮情況是因為「太陽輪」能量不穩，太陽輪和人體的胃部、肝臟有關，亦和自我價值、自信有關。自我價值低會很在意別人的看法，因為自己不懂得如何去衡量自己，要用別人的眼光才看到自己，但別人的眼光從來也不是用來界定一個人的方法，所以自我價值低亦會對自己的形象模糊。

因某事情影響到焦慮出現沒有得到及時舒緩，胃部便會用痛楚對身體發出提示，但也有另一種情況，例如食物引致胃部不適時，焦慮情緒也會同時出現，原因是胃部和焦慮是連結，身和心是合一。

「有一次坐車趕往工作途中胃痛，後悔出門前空肚喝了一杯黑咖啡，車駛到紅磡隧道口大塞車，胃痛立即加劇，那時工作已經遲到十五分鐘，決定打電話給同事請他們先開始會議，不用等我，掛線後胃痛便消失了。」

同樣地，當焦慮出現的時候，可以留意自己的飲食會否出現問題，因為有可能焦慮之感是因為作息不定時而引起，並不是情緒病。

除了太陽輪之外，如果一個人出現抑鬱症狀就會代表臍輪能量不穩。

喉輪能量不穩有可能會出現甲狀腺的問題。

海底輪是人體的根部，如果能量阻塞就會導致容易疲倦、力不從心或免疫系統問題等等。

我在靈氣班裡面也會教授脈輪，因為它可以概括了人體每個主要部位的健康狀況，方便用於自我療癒或為別人做治療的時候，作為參考及分析，也方便治療師之間的溝通。

其實我在近年才把脈輪這個系統應用在身體健康方面，在十幾年前最初接觸的時候，只在乎眉心輪，因為眉心輪代表著「第三眼（The Third Eye）」，即是松果體，經常有傳打開第三眼就會有超能力，所以我沒有理會其他脈輪只好奇如何打開第三眼。

在網上找到一些432Hz的音頻，因為據說只要堅持一星期七天連續收聽這些單音及沒有任何音樂的音頻三小時以上就可以打開第三眼。結果我真的嘗試了，但在打開第三眼前頭腦已經被那沉悶刺耳的音頻弄到頭痛頭暈。現在回想也感到可笑，如果只憑一些音頻便能打開三眼擁有超能力，那麼現在所有人類都應該擁有超能力了。

脈輪是人體能量中心，這套知識系統亦發展出不同的冥想方法，以下有一個簡單的脈輪冥想呼吸練習分享給大家。

練習五：活化脈輪冥想呼吸

冥想練習時可以配合一些柔和音樂，例如水晶頌缽音樂、環境音樂等，最好不要用有情感帶動效果的音樂。找一個寧靜安全不會被打擾的地方，找一個舒適的姿勢可以盤膝坐或躺下來，建議十五至二十分鐘的時間。

1. 慢慢閉上眼睛。
2. 深呼吸三次，把壓力呼出。
3. 注意力放在頭頂，即是「頂輪」（Crown Chakra）的位置，然後在頂輪吸氣，空氣進入從頂輪進入身體，往下去到眉心輪，然後繼續往下去喉輪、心輪、太陽輪、臍輪，最到達海底輪，然後呼氣。
4. 注意力回到頂輪，然後在頂輪位置慢慢吸氣，一邊吸氣的時候感受頂輪的能量慢慢向外和向上擴大，然後呼氣，重複三次。
5. 然後把注意力移到眉心輪，在眉心輪慢慢吸氣，吸氣時感受眉心輪的能量，慢慢由體內向體外擴展及擴大，然後呼氣，重複三次。

6. 注意力移到心輪，在心輪吸氣，一邊吸氣的時候感受心輪的能量慢慢由體內向體外擴展及擴大，然後呼氣，重複三次。

7. 注意力移到太陽輪，在太陽輪吸氣，吸氣的時候感受太陽輪的能量慢慢由體內向體外擴展及擴大，然後呼氣，重複三次。

8. 注意力移到臍輪，在臍輪吸氣，吸氣的時候感受臍輪的能量慢慢由體內向體外擴展及擴大，然後呼氣，重複三次。

9. 最後把注意力移到海底輪，在海底輪吸氣，吸氣的時候感受海底輪的能量慢慢由內向體外及向下雙腳擴展及擴大，然後呼氣，重複三次。

10. 這樣便完成是一節。

11. 可以重複步驟（4）至（9）再做多一節，重複多少次按自己的喜好或感覺，十五至二十分鐘是一般時間長度。

這個練習可以活化七大脈輪，用平均的速度呼吸，可以平衡脈輪的能量。日常生活可以多做這個練習來增強體內器官能量，可以提升氣場，又或者改善容易疲倦、體弱等情況。

演戲生涯感悟

尋找情緒健康亦是尋找靈性提升的道路，愈接觸得多知識及治療系統便愈了解自己，想得到身心靈健康，身體、精神和靈性缺一不可。

那段時期我把十多年的吸煙習慣戒掉了，每週保持適當運動，焦慮情況得到控制，隨著年紀增長亦愈來愈注意自己各方面的健康，整體上朝著正面方向發展並逐步改善。

我在二零一三年參與電影《愛尋迷》拍攝，角色是一個患有抑鬱症的教師，在戲中最後更是悲劇自殺收場。

現在回想，除了用宇宙安排解釋，還可以有另一個說法，就是我的潛意識一直在呼喚這種悲劇人物角色。因為潛意識期望經歷悲劇，意識深處從兒時種下了負能量的種子，它用我演員的身份吸引了這樣的角色，讓自己能夠去經歷，從而滿足潛意識的慾望。

當時對演員這份工作很有熱誠，也是我的職責，為角色非常投入地做資料蒐集，研究抑鬱症症狀與及病人的特質。

經過一個多月的拍攝時間，不斷感受著角色的傷痛，到拍攝的最後一星期，發現在休息日後身體仍然非常疲累，這是一部文藝片並沒有動作場面，但比過往拍攝電影更疲累，而且在精神上也有些不妥，好像對很多日常喜愛的事情也失去了熱情，朋友約食飯也沒有心情赴會。之後更在拍攝期間突然感到背痛及身體痛楚，然後才意識到，原來自己確實在經歷一些抑鬱症的病徵。

完成這套電影後，一天晚上正在睡覺的時候突然醒來，那種「胃部很空」的感覺又再出現，過往的焦慮感又再回來。情緒是一件難纏的事，因為不能完全消除，只有控制、制止、對抗或者埋藏，只要想的話便可以把它召喚回來；如果情緒病的起因是細菌的話，那麼便容易解決得多。

演戲這回事和吸引力法則有點類同，當然演戲也有很多不同的方法，我不是有計劃地投身演藝事業，所以入行前並沒有讀過演戲，第一部參演的電影叫《玻璃少女》，就是早前提到玩天光之後去試鏡的那一部，因為導演正正就是想找一個邊緣青年的角色，導演見到我後便立即覺得我和她要找的人物很相似，所以我亦因此順利得到這個叫「豆腐」的角色。

之後又拍了一些青春偶像電影，也沒有什麼演技可言，在入行幾年之後接觸更多做戲劇電影的人之後，才發現演戲是一門深奧的學問，然後開始參加一些演戲課程進修，也會看很多關於演戲的書籍，慢慢發現了一種演戲的方法比較容易拿捏及方便，就是用感情去演繹。

用真實感情演繹或寫實演繹並不是代表要演一場被殺死的戲就真的要死，而是需要去經歷及感受戲情發展的「死」然後呈現出來，其中最重要的是元素是感受。

那時我這個演戲初哥就是拿著「感受」這技倆，還沒有經過深入學習和經驗，去演繹所有接到的角色，當遇到一個擁有極端經歷和情緒起伏的角色時，例如我在電影《愛尋迷》裡的抑鬱症教師，演繹過程就需要去經歷抑鬱。宇宙並不會分辨我們是否在演戲，情感發生便有能量產生，所發出的能量就會吸引相同的頻率，結果我在演戲以外的時間也同樣得到了抑鬱這種負能量。

演戲、吸引力法則、顯化、情緒病其實都可以串連在一起，都有一個共通點就是情感。既然可以藉著感受角色而影響身體的反應，我們的情感同樣也可以改變，改變一件事情需要時間，據說至少要二十一天，二十一天裡面重複做著想改變的事情，其實就是習慣，那麼情緒問題只是我們的習慣。

每天起床也感到壓力，原因可能是前一晚太夜才睡覺，早上醒來仍沒有足夠休息，結果就要帶著疲倦的身軀嘆一口氣起床上班。然後第二天也是這樣，久而久之起床一刻便習慣了嘆氣，每朝起床便等於「唉～～」這個能量。

我自細在緊張的環境下生活，一家五口住在一個面積較小的地方，當時和阿哥家姐睡在同一張碌架床，只要有任何移動甚至只是轉一下身也有可能嘈到大家，所以經常要小心翼翼。遇著深夜突然想去洗手間的話便要更加留心，因為屋內房間沒有門，洗手間就正正對著父母和自己的房，稍一不慎便會製造噪音吵醒需要早晨起床上班上學的家人。

入行後的工作也是長期處於緊張狀態，每天遇到不同的事不同的人，要保持形象禮貌，由踏出屋企的一刻便要保持警覺，因為是公眾人物的身份可能會有人認得自己，稍一不慎便會被誤認為是態度差、囂張或「黑面」之類影響形象及影響工作。

經過長時間焦慮和高度敏感的訓練，身體習慣了這種負能量，認為是我的生活所需，形成了身體的運作模式，所以就算沒有遇到壓力或緊張也會定時出現焦慮情緒。若然同樣的道理和方法反過來運用正能量，理論上亦會得到相同的效果，長時間訓練自己放鬆和喜悅，身體習慣了之後便會在日常生活裡定時出現放鬆和喜悅情緒。

身體習慣亦即是思想習慣，習慣正面思維來自於自我訓練，前幾章提到我們每一個情緒也是能量，情緒是腦部活動，腦部活動包括思想和念頭，意思是每一個思想和念頭也是能量，冥想是思想（思維）訓練的一種，能夠訓練「觀」和內在產生的「念」，生「念」之後能量產生擴大向外發放的話就成了「說話」。

我們發出的每一個音頻也是能量，每一個字每一句說話也是能量，文字的出現有助人類溝通，但說話其實是一種低級的溝通方式，因為文字是有限制。現代人出生後都在訓練左腦思維，所以失去了心靈感應的能力。其實用「心靈感應」這四個字來表達已經是一個溝通障礙，由細到大心靈感應被標籤為超能力，若然回到「念」是能量的基本，原則上一個人產生「念頭」這個能量發放給另一個人便可以，為何還需要運用更大能量發出音頻再用複雜而有限制的言語不完整地表達自己的「念頭」？

要解釋這個問題可能要追溯到遠古人類，了解人類進化歷史。我們人類活在第三維度，有說上一級第四維度的生命不需要用言語溝通，可以用意念傳遞信息，我們很難遇到外星人就是因為他們是活在第四維度，這理論也可以用來解釋我們的「撞鬼」經歷其實就是外星人，又或者是更高維度的生物。

「鬼」只是一種文化，不同地區的「鬼」也會有不同的形象，這是我們出生後的思想植入而定，我們意外連結另一個維度的生物，能量上進行了交流，腦部自然需要產生影象來表達所連接到的東西。但因為沒有一種知識可以解釋連接另一維度的能量，此時腦部便會用「超自然」、「超出想像」等角度來判斷，記憶找到曾經聽過一個「紅衣女鬼」的故事然後便製造出類似的畫面及感受，之後我們便會認為自己「撞鬼」。

如果是美國地區的人有相同的事情發生，他們便會產生出「被外星人綁架」的經驗，因為這是他們的文化和傳說，我這樣說並不是否定我們東方文化的「鬼」或西方的「外星人綁架事件」的存在，而是在推斷及分析可能性。

縱使說言語是一種低等溝通方式，對宇宙來說也不重要，要有低等才有高等，高等沒有低等的話也不能生存，在當下這個宇宙的進程，人類需要用言語溝通必定有祂的意思。

聲音言語是一種能量，同樣有正負之分，適當地運用所發出的頻率也可以應用在治療方面。

五大守則

「就在今天我不生氣，我不煩惱，我心懷感恩，我誠實努力工作，我善待一切眾生。」

臼井靈氣自然療法始創人臼井甕男老師在編寫療法的時候寫下了五大守則，用意代表背後的哲學，也代表健康及正能量。這五句說話可以簡單看成是普通的句子，但其實說話背後蘊藏著不同的治癒能量，每個人去解讀有略有不同，但能量也是一樣。例如「我不生氣」是一種用來舒緩憤怒的治癒能量；「我不煩惱」可以解憂；「心懷感恩」是愛的頻率，臼井老師叫我們常念這五大則守，養成正面思想的習慣。

說話是表達能量的工具，當憤怒的時候可以出口罵別人把憤怒的能量傳遞給對方，當感恩的時候可以傳遞感謝之能量，可惜這個工具也沒有一個很完善的教育系統，正統教育制度裡並沒有深入教導說話表達及其背後的能量。

當我開始認真學習演戲及演出舞台劇之後，才發現一句說話除了表面的意思之外，亦會有深層的意思，如實地表達自己是需要集中，並需要配合語調、語速、音量、節奏、拍子以及投射的距離方向，最後整體會構成一個能量，這個能量就是這句説話真正的意思。

説話也需要訓練，一般情況表達者並不會留意自己是否在正確表達，也會出現用語和正在傳遞的能量不協調的情況。有時看一些犯罪記錄片中可以看到罪犯高超的説話及演繹技巧，將「説謊」發揮得淋漓盡致，眼前的探員明知他犯了罪行也無從入手，甚至有相信他的念頭出現，原因就是罪犯不單單是運用言語文字，而是在運用能量。

説話需要一個對象，這個對象不一定是另一個人，也可以是自己。

「自言自語」也是一種文化傳統的謬誤，自己和自己説話根本沒有任何問題，我們無時無刻也在腦海裡面自言自語，只是沒有發出聲響，把自言自語的內容轉換為能量，説出來傳遞給自己甚至會有更強的效果，因為發出能量之後，除了自己之外，所處於的空間也會受影響而產生變化。

在此分享一個運用五大守則的練習，在我的靈氣課程屬二級內容，這個練習可以訓練正面思維，即時舒緩負面情緒，通常我會建議學生在最初練習時把話説出聲，到習慣了之後可以把音量逐步減低，到最後可以用默念的方式。

練習六：自我指令（五大守則）

課堂上教授這個練習需要運用到靈氣，如果沒有學習靈氣的讀者不用在意運用靈氣，只需要跟著步驟進行便可以。在最初開始時可以找一個獨處不被打擾的地方，到熟習之後便可以用於日常生活。

1. 找一個獨處的地方，讓自己平靜下來。
2. 閉上眼睛，深呼吸三次，放鬆。
3. 把注意力放在掌心，連結靈氣，接收宇宙能量。
4. 把其中一隻手放在眉心輪（額頭位置），另一隻手可以放鬆。
5. 從掌心把靈氣傳入眉心輪（潛意識）；感受。
6. 讀出五大守則第一句「就在今天，我不生氣」，把這句說話的能量從掌心傳入眉心輪；感受說話的能量。

7. 然後繼續讀出其他四句守則：「我不煩惱」、「我心懷感恩」、「我誠實努力工作」、「我善待一切眾生」，留意每讀一句的時候都要把它傳入眉心輪（潛意識）及感受其能量。

8. 重複讀三次五大守則，即是步驟（5）至（7）；完成。

感受到語句的能量之後就可以逐步減少聲音，音量減少但不會減低感受語句能量的程度，到熟習之後可以練習不用發出聲音默念語句，但同樣需要感受到相同的能量。

這個練習我是按靈氣療法根基來分享，若然用靈氣療法以外去解讀，可以把練習用於日常生活，五大守則語句的用詞可以改動，如果不習慣「我不生氣」甚至可以用口語「我唔嬲」或其他個人說話習慣代替，甚至可以運用其他語句「我有自信」、「今日會有好事發生」等任何帶來正能量的說話。

日常生活情緒起伏不定，也會遇到不同的事況或突發事件，運用自我指令可以舒緩甚至即時制止失控發怒的極端情況。

金字塔冥想

「我是人類。」

有些人的行為方式比較隨意，不理會出錯的可能，活動時會融入其中，我的構造是另一種，會在過程中同時分裂出另一個自己來評論當時的情況和自己的行為，以便犯錯及出錯時可即時改正，這是左腦思維的其中一個習慣，同時活在過去、現在、未來，意思是當下會不斷搜索過去記憶同時，亦會預測未來會發生的。

我在一段長時間中，都以科學及哲學去解釋宇宙，由出來工作幾年後便開始，長達超過十年之久，我會分析這段時期是因為曾失去信念，懷疑是否真的有「造物主」，也許宇宙的出現只是一個意外，萬事萬物也只是巧合。

靈性道路上的轉捩點出現在我結婚之後的一次埃及之旅，我和太太Olive結婚前交往了八年，是中學同學，算是看著大家成長，也看著她對靈性方面愈來愈多的追求。我們喜歡旅遊，會尋找靈性修行方面的旅遊點，終於一次決定探索埃及金字塔。

從小覺得金字塔是世上最神秘的地方，擁有神秘力量，我認識金字塔是因為UFO，傳聞那裡經常有UFO出沒，因為有說金字塔是外星人的建築物。

埃及大概有八十座金字塔，最出名及古老的是位於埃及吉薩（Giza）的「胡夫金字塔」（Pyramid of Khufu），也是我們這次旅程的目的地。

胡夫金字塔旁邊還有兩座金字塔分別為 Pyramid of Khafre 和 Pyramid of Menkaure，三座金字塔的位置按照獵戶座排列，所以研究認為古埃及與星座神話有關連。

保存得最好及最大的是胡夫金字塔，一般歷史記載，它大概建於公元二千多年前，但最新考古甚至當地導遊也說，這金字塔在一萬幾千年前已經存在。

我們請當地導遊安排了私人時間進入胡夫金字塔的深處參觀，傳說這是法老王的墓穴（King's Chamber），但其實從來沒有在金字塔裡發現過法老王的木乃伊，只是一個傳聞。一般要進入國王的墓穴都需要跟旅遊團，人數會比較多，入到去之後也只能打卡當作觀光，不能認真靜下來感受甚至冥想，所以我們有幸安排到兩小時私人參觀時間，只有導遊及當地政府管理文物的人員，他們會帶我和太太二人進入國王的墓穴參觀及冥想。

那天在傍晚時分進入金字塔，原因是要等金字塔日常參觀時間結束。

傍晚的沙漠地區氣溫依然酷熱，我們一行人浩浩蕩蕩從金字塔中間位置的洞口進入，然後裡面會有在後期人工搭成的木板樓梯，一直往上行，穿過狹窄的通道便到達國王的墓穴。

墓穴裡面是一個長方形的空間，外面溫度很熱但在裡面感覺清爽通風，一點也不似在密室內。我們在裡面冥想，甚至嘗試躺在傳說中法老王木乃伊位置的花崗岩裡面（詳情可以到我的YouTube Channel瀏覽影片），在花崗岩內閉上眼睛突然感到身體好像飄浮起來似的。我立即打開眼看一看，我的背脊依然緊緊貼在地面，但再閉上眼睛，飄浮的感覺又再出現，很神奇。

政府人員只讓我們在花崗岩內躺幾分鐘，因為有傳那是一個傳送門，是天狼星人和地球的連接口，也有說金字塔是一部能量機器，那裡是最強的能量點，能夠療癒所有疾病和提升靈性及維度，所以他們只會讓我們淺嘗。

之後我們在花崗岩旁邊冥想，躺在密室內感覺很特別，很舒服，冥想的頭半小時身體出現一些反應，首先感到盆骨位置在「自動調整」，因為曾經在拍攝時因一些動作場面弄傷盆骨，部分位置可能有點歪曲了，冥想期間身體好像在自動調較回到正確位置一樣，一段時間之後更「自動調整」

到了腰部，然後沿著尾龍骨往上到背部，一路去到頭部。

此時那位管理人員突然在房內唱出"OM"這個聲音（OM是一個梵音，古印度記載這是宇宙萬物起源之頻率），頻率在房內高密度的花崗岩之間來回反射，迴音極為廣闊響亮但柔和舒服，感覺到一種很大的能量提升。

一會之後，我發現自己的顎骨及嘴巴打開了，不斷吸入大量空氣，不斷吸不斷吸，但奇怪的是無論吸多少空氣也不需要呼氣，無論吸多少身體也不覺得滿。嘗試呼氣也一樣，源源不絕地呼氣，沒有了呼和吸的分別，呼吸成為了一體同時進行，吸氣的同時也在呼氣不斷地運行著，感覺整個身體都很輕鬆，所有疲累也消失，充滿能量有踏實接地之感。

最後我更感到眉心輪的位置被拉著，身體有種升起的力量，意識亦開始離開房間，但一點也沒有害怕之感，那一刻我在想：「會不會真係飛起？如果真係飛起嘅話就太瘋狂了！以往人生一切見識知識智慧都會改寫！」

然後突然間收到一個訊息，在腦海閃過：

「我是人類。」

無錯，我是人類，人類應該著眼發展「人類」這個設計，人體違反了物理定律飛起的話便不再是人類；鳥類若然在水裡面生活的話也不會稱之為鳥類。縱使常言道「一切也有可能」，但宇宙也有和諧的運行法則，所以我應該期望自己朝著人類設計下獨有的能力及方向發展，並不是幻想脫離軌道以為那就是大突破，若然宇宙也是這樣沒有原則下運行的話，一切便會大亂。

然後我的注意力又再回到自己的身體，感受「呼吸」，感受大量空氣及正能量注滿身體，感受金字塔能量不斷地淨化多年來積累在我體內的深層負能量，感受自身氣場、脈輪淨化及提升。

感覺到自己回歸靈性，找回信念，並看到內在的平靜。

四周一切也是能量，不斷在流動，生生不息。顯意識只是我在這個社會成長過程的種種經歷的反映，只是經驗反射出來的一個程式，我的潛意識可以自由選擇如何運用或改良，甚至選擇以後要如何經歷。

在這個宇宙裡我們並不是孤單，萬事萬物也在同時運行，正負能量互相緊扣，孤單是因為失去信念，和靈魂的距離愈來愈遠，顯意識把自己孤立。

和諧是宇宙法則，我們每一個人來到這個世界也需要很多能量，每一個個體也充滿正負能量。長時間處於正能量也需要一點負能量來平衡，運用什麼負能量、運用多少、逗留多久我們都可以自由選擇。

羞恥、內疚、冷漠、悲傷、恐懼、憤怒、絕望、鄙視、懷恨、譴責、苛刻、報復、仇恨、驕傲、恥辱、上癮、焦慮、侵略、輕率、自誇、破壞、消滅、懊悔、懲罰、抑鬱、哀傷、退縮、害怕、自大、冷漠、攻擊等……

或者是勇氣、接納、理性、喜悅、慈悲、安詳、仁慈、意義、和諧、希望、滿足、可行、允許、肯定、信任、樂觀、寬恕、了解、寧靜、超越、意圖、釋放、光明、慈悲、智慧、感恩、幫助、體諒、誠懇、誠實、歡笑、真誠、熱情、擁抱、關懷、明白、平衡、開悟和愛等，全由我們去選擇。

高意識境界

轉眼間兩個小時的冥想便完結，很想再留更長時間。

離開金字塔，我們衷心感謝那位管理人員，他的能量非常高，還有他並沒有責任協助我們冥想，感恩有這個緣分，感恩宇宙的安排。

回酒店路上我急不及待把這個神奇經歷與太太分享，在冥想過程中我們完全沒有對話，結果她竟然和我有相同的經歷！

冥想時尾龍骨的調整是金字塔內的能量同時在平衡、淨化、活化身體的七大脈輪，從海底輪開始一直到頂輪，身體脈輪有能量流動時會以實質的反應顯示，眉心輪和頂輪關乎腦部和松果體，所以接收到訊息。

金字塔是誰建造的確有很多説法，最接近的説法是外星人建造，但外星人的意思並不一定是直白地幻想一個小灰人駕駛著一架飛碟來到，然後用手指在空中畫幾下，過百噸重的花崗岩便升起到空中，一塊一塊像砌積木般完美無瑕地疊出一個三角形金字塔。

因為從大量的資料及歷史中可以發現，外星人和古埃及神話的天神有著神秘的關聯，常見的是一些壁畫上描繪人類和天空的物體，有些是比喻太陽或月亮，但有一些描繪出來的形狀好像一架懸掛在天空中的機器，讓人聯想到飛船或飛碟。其實在古代出現UFO也不足為奇，世界各地也有同樣的記載及畫像。

有說牆上壁畫的外星生物其實是埃及神話的天神，他們來到地球把智慧及新科技分享給人類從而改善大眾的生活，所以人民就視他們為天神。

有一項記載說金字塔就是天神興建的，金字塔是一個能量裝置，用來提升人類的維度，我們現在生存在三維度空間，四維度是時間，把人類意識提升到四維度之後就可以超越時間的限制。

當時的法老、祭司或權貴會進入金字塔進行一個「啟蒙」儀式，這個儀式成功之後就能夠提升維度，而過程需要經過三個階段。第一個階段，進入國王的房間是可以接收訊息和看到過去未來，而第二個階段就是我想說的，據說通過第二階段會把我們「呼吸」這個人體必要的運作機制刪除。

如果神話確實存在的話，那麼當我在冥想時，金字塔能量裝置便是開啟了，為我們進行「啟蒙」儀式，然後經歷第一、二階段，不過因為時間不足，也因為我們當時並不知道這個資訊，所以整個儀式並沒有完整完成。

記載中還有最後的第三階段，會去到金字塔底部的另一個密室進行一個「恐懼」挑戰。在密室裡面會出現每個人內心終極恐懼的事物，例如那個人內心最怕的東西是某種動物的話，該動物就會在那裡出現，又或是對死亡心存恐懼，便會出現需要去面對的死亡幻象，若然啟蒙者能夠順利通過，便能成功提升到高維度。

金字塔冥想後，由埃及乘坐飛機到巴黎轉機回港，順道逗留一下。這段時間感到整個腦袋以致整個身體異常平靜和輕鬆，而那種「平靜」並不是一般的平靜。那幾天不斷接觸異國人士溝通比較困難，當我和每一個人接觸時，縱使他們說的話都聽得不太清楚，但我卻能知道到他的心思和想法，有時甚至不用言語也能明白。

但這並不是那些能看透別人思想的超能力，而是內心清靜的程度到了一個完全沒有任何雜念的地步，能準確接收到別人內心傳遞表達出來的能量，那一刻感到人與人之間溝通的隔膜完全消除了。

所有的焦慮症狀也消失了，內心的寧靜是一種高頻的正能量，超越了喜悅和快樂的正能量，是一種清明的狀態，感受到脈輪的平衡和圍繞身邊的和諧。

三天後的早上，在巴黎酒店房內，那天碰巧遇上大型示威遊行，酒店附近很多的路也封了，還可以看到裝甲車經過。我坐在沙發上思考著那天的行程，打開電視了解一下路面情況，擔心會否有任何危險出現，突然間留意到自己又在不由自主地「搣指甲」。這是我由細到大每當焦慮時便會出現的小動作（也是焦慮症的常見徵狀）。那一刻我意會到自己已經回到生活，身體與四周不同的能量連結，脈輪的能量因而受到影響變化。

脈輪平衡了，活化了，能量流通，但狀態會因為日常生活接觸的所有能量而受影響，需要每天保持練習，維持健康狀態，修行也就是這個意思。

金字塔冥想讓我大開眼界，成為了我在靈性及對這宇宙的理解的轉捩點，理性思維被打破，感受過高意識的境界，右腦感官被啟發，「科學解釋」不再是我舒適圈，也不是我所要追尋的答案，明白到追尋靈性的目的，也知道自己應該要朝著什麼方向繼續修行。

親眼目睹UFO

"We are not alone."

以往自己的處事方式比較保守，需要計劃周詳才會有安全感，每一步的好與壞也會先在腦海描繪一次，這種方式可以減低出錯，但好多時會導致計劃最終不能進行。

在金字塔一行之後，我的事業、生活、處事也出現了大大小小的改變，很多事情我都會順著感覺行事，按照眼前出現的提示一步一步前行，減少了以往由A去B再去C的思考邏輯。

那段時間亦剛巧搬屋，大廳和偏廳對著海，因為西斜的關係所以天晴日子可以睇日落，亦是這樣的原因，讓我有機會親眼目睹UFO。

那天是搬進新屋的頭幾星期，經常會有維修師傅來修理，那天是窗簾的部分。下午大概四點左右，窗簾師傅在主人房內整理，為免干擾他工作所以我坐在房間旁邊偏廳的沙發上，若然師傅有什麼需要我都可以立即幫手。

我就這樣無聊地坐著欣賞窗外風景，不過那天不是天晴日子，整個天空也白濛濛一片，看不見雲也沒有下雨，清一色白色的天空。我看著看著，突然間看到一張紙從天而降，我看著那飄盪下來的紙張還在想，為何這大廈的住客那麼缺德，竟然亂拋垃圾落街。

紙張飄落到我的樓層窗外水平位置，與我相距大概二十至三十米左右（不能確定實質數字但是距離很近能夠清楚看到）。突然間那一張紙在空中停頓了，然後慢慢從側面轉過來，原來那不是一張紙，它轉過來之後，我能夠清楚看到它是一個啡色梯形的不明物體，而且還能夠看到物體表面有一些奇怪花紋，目測它的體積直徑只長十米之內。

那一刻我完全來不及反應，因為整個過程非常迅速，我還在疑惑一張紙為何會這樣，之後一眨眼它就已經不見了。但當我抬頭看到上方，又出現了一架牛角包型，表面散發著彩色光的物體懸掛在空中，而且在不斷旋轉，此時還有一隻麻鷹（窗外經常有雀鳥出沒）圍繞那不明飛行物體環迴飛行了一圈，似乎當時牠也目擊到不明物體。此刻我才驚醒自己應該是看到了UFO，但腦內仍然閃出很多想法：「會唔會係無人機？」

「無人機有咩型號？」

「旁邊係咩？有地盤將天秤伸咗過嚟？」

「但點解會發光？」

電光火石之間，那一張啡色梯型的不明物體又再出現在我眼前同一個位置，彷彿剛才它只是在我面前隱身一樣，它變回了一張「紙」的形狀打橫往左面飄走，而我再沒有看到彩色牛角包。我把注意力集中在那一張「紙」，然後看清楚了，它不是一張「紙」，而是一架立體的不明飛行物體，我看到「紙」的原因，是其實那不明飛行物處於一個隱形狀態！

我會這樣形容，是因為UFO機身的隱形覆蓋度只有90%，而且隱形的位置不斷圍繞機身轉動變動，所以呈現了好像一張紙在飄的視覺效果，而有這個情況出現又被我看到是一個意外。可能因為光的折射或者在不知名的能量影響之下，巧合地被我隱隱約約看到。（如果有看過電影《鐵血戰士》，它的隱形狀態就是裡面外星人Predator在按下前臂的裝置隱身那一刻的情景。）

目不轉睛地看著正在打橫飄走的不明飛行物體，終於清醒過來的我立即想拍照記錄，才發現手機不在身上！於是我腦海閃過：「如果它反地心吸力向上飄嘅話，我就即刻出廳攞電話！」（要先了解，這裡整個過程也只是以秒計的時間，因為要寫出來所以比較仔細，那一刻我其實未肯定自己見到什麼。）

反重力意思是那一刻我需要一個肯定，才可以證實自己看到UFO，結果話口未完，那不明飛行物真的反地心吸力飄走，我立即走出廳拿電話朝著UFO拍攝，但它已經飄到很遠，什麼也拍不到，只能隱約地看到它，並且目送它離去。

之後我在網上搜尋各地所目擊UFO的類型，也找不到那啡色梯型物體，然而我在一次訪問中公開分享了這個經歷之後，有不少類似經歷的網民把拍到的照片發給我，當中只有一張有點點近似。（碰巧在寫這本書期間，看到一段提及美國國防部發放UFO資料的影片，其中一架被拍到的UFO和我看到的有近八成相似，但體積較大。）

整個UFO目擊事件在電光火石間發生，我在經歷時思緒有點模糊。這次並不像我小時候看到顏色光在天空移動那麼簡單，而是整架飛行物出現在眼前。我還觀察到它的質感，也看到它展示科技，好可能在那一刻，我腦袋也受到了它所發出來的能量影響。

它為什麼會出現在我所住的大廈外？但我遇見它的時候並沒有收到什麼訊息，有這方面研究的朋友說它的出現，其實已經是一個訊息和啟示。

「外星生物真的存在！」

這次終於讓我親眼看到UFO，本以為看到它們便會改寫一生，原來真正發生的時候是這樣。我想見到它們，意思是我相信它們的存在，「改寫一生」其實在我小時想見到它們的那一刻就已經發生了。

會不會是眼花？幻覺？當時我在清醒狀態，是真實清楚地看到，是真實的記憶。

也有可能我當時進入了另一個維度，所以才看到它們，但此事還有另一目擊證「人」，就是那一隻麻鷹！相信牠比我更加清楚。

雖然難以相信它們真的在我眼前出現，但兒時夢想真的實現了。

寬恕

每個人的心靈也需要療癒，因為每一個人都經歷過大大小小的創傷。

心靈上的創傷也可以分類，例如在讀書時遭到某些同學欺凌，長大後便會成為兒時創傷，會藏在我們的臍輪（Sacral Chakra），因為臍輪關乎恐懼、害怕、情感等。若然是相熟的同學作出欺凌行為，就會牽涉到心輪，因為心輪（Heart Chakra）關乎「愛」，友誼也是一種愛，會有被背叛或者在信任方面的傷害。

平衡心輪的能量最重要得到療癒，而其中一重元素就是「寬恕」。

傷害、背叛、傷心、遺憾，至親離世後仍然放不低，被伴侶或好友背叛、欺騙或遺棄，這些都會形成創傷，成為「心結」一直留在心輪，等待把結解開的一天才得到釋放。

親人離世無可避免，不過每個人的經歷會有分別。有些能夠自然釋懷，有些會留下遺憾，我接觸過不少這方面的案例，而我自己本人也是其中之一。

當歌手時曾經有一個目標，相信那也是大部分香港歌手的目標，就是在香港紅磡體育館（紅館）開演唱會；但其實我在兒時就已經有過類似想法。

細個正好住在紅磡，父親有時會在假期時帶我們由紅磡行路去尖沙咀碼頭，到海運大廈的一間酒樓飲茶，每次經過紅館時都覺得它的形狀有點像一架UFO（提提大家，我從小便是UFO迷），在一個這麼大的建築裡面唱歌的，難道是外星人？一定是很厲害的人，如果有天我可以在裡面唱歌會是什麼感覺？

我出生時已經在紅磡居住，當歌手後有段時間搬回紅磡，日常會在紅磡海濱跑步到尖沙咀碼頭，那段時間事業發展並不順利，每當經過紅館時也會提醒自己要更加努力。

在二零一二年年底，我終於夢想成真，於十二月三十一號晚上，在紅館舉行了第一個演唱會。但遺憾的是父親不能赴會，因為他早在同年的兩個月前因癌症離開了。

父親早在離開前的兩年裡面，因為感到身體有毛病所以頻頻去醫院檢查及覆診，但醫院報告一直沒有指出他患有癌症，到發現時已經是癌症末期。

到親人離開了，才感到自己對他們的照顧不夠。父親在醫院時最後的一個月，碰巧亦是我在籌備紅館演唱會的時候，每天都會由九龍到大埔的醫院探望他。最後他進入了彌留狀態，醫生說父親應該只剩下最後幾天時間，所以我們家人決定輪流在醫院過夜。

那天晚上坐在父親旁邊一整晚到天光，母親早上來到接替，讓我可以回家休息。奇怪地那天全家人突然在早上齊集在醫院，不過因為我已經過了一晚，所以是時候回家休息等待接下一更。

回家途中家人來電說父親情況急轉直下，心跳迅速地減慢，我連考慮折返的時間也來不及，結果就在電話送別了父親。

我們都覺得父親最後一晚是在等全家人齊集才肯離去，只是碰巧輪到我回家休息。

母親告訴我不要對送別父親最後一刻的事介懷，但我過後仍然有點忐忑。我更在意的是，在父親最後幾年，自己只顧著忙工作、忙玩、忙見朋友、忙焦慮、忙東忙西……很少和他相處，其實不只是和父親少相處，那幾年和家人也少見面。

母親認為我不應有任何遺憾，說父親從來都沒有介意並且認為少見反而更好，因為不想在生活上麻煩到我。

遇過很多人也有同樣的情況，感到自己不足，要解開心結必須要找到根源。這種結的成因來自於對自己的責備之心，就算不是經歷親人離世，經歷其他事情一樣會出現相同的自責反應。

想停止責備自己便要去「寬恕自己」，寬恕別人等於寬恕自己，這是對等的。減少對自己的責備之心，也會減少責怪別人，雙方也會等到好處。

寬恕並不是要去和傷害你的人和解及縱容他們的行為，目標是要讓自己得到解脫及平靜，讓關心自己的人得到安心。

我在靈氣課程中主要教授靈氣治療，除了學習治療別人之外，最主要的是自我療癒；「寬恕」是自我療癒中很重要的一項，所以我亦加插了寬恕冥想練習。

在這裡有一個關於寬恕練習的案例，學生在練習後得到很好的效果，心結得到解開，多謝這位學生同意把她的經歷與大家分享。她的心結已經纏繞她二十年，來自她和當時男朋友的關係，來自愛和恐懼的創傷。

這位女學生當時男朋友的行為非常極端，每當學生向男方提出分手的時候，男方都會用自殘方式要挾。

第一次提出分手時，男方拿出一把菜刀把自己的手斬傷了；第二次竟然用腳踏在鐵釘上；最後一次提出分手，男方作出最極端的行為，準備在她面前跳樓自殺。

事發在一幢中空天井的井字型走廊公屋大廈，男方準備從天井跳出去的時候，學生及時拉住了男方的衣服並把他救回，此事之後學生離開了，成功躲避男方的追蹤。

自始之後，學生不時都會發惡夢，夢到那位前男友在她面前自殘，甚至之後只是夢到前男友都會覺得害怕，廿年來也出現類似夢境，令她非常困擾。

學生在課堂上進行了寬恕治療，不久之後便有好消息，有關前男友的惡夢消失了，廿年來的困擾舒解了。

「我呢廿年嚟耐唔耐都會夢到佢喺我面前用唔同方式自殺，又或者係不斷出現。我唔想再有呢個回憶，但係夢境不時出現，令到我好困擾。而佢係當時傷得我最深嘅前度，嗰日做『放下』，我答你諗唔起佢個樣，係因為我唔想記起有關佢嘅任何事。

估唔到，寬恕練習後，呢段期間只有夢過一次，之後就消失晒！

我好開心瞓得好，無惡夢。好感恩老師嘅幫忙，你俾咗好大能量我去解決好多事！」——學生

這個案例所牽涉的不只心輪，還有臍輪，雖然當中有愛的存在，但亦有恐懼、厭惡甚至恨，所以寬恕冥想練習發揮了作用。

坊間有很多關於寬恕的練習與方法，以下分享一個我會在課堂上用到的。

練習七：原諒放下

1. 預備十五分鐘，找一個安靜的地方，安全並且不會被打擾。
2. 閉上眼睛。
3. 深深地呼吸三次，把壓力、擔憂呼出。
4. 腦海描繪寬恕對象的外貌。

5. 跟住以下的指引。

「前方遠處有一點白光，慢慢行過去，看到一條下行的樓梯，踏出往下第一級，然後繼續下樓梯，看到樓梯深處的盡頭有一道門，走到門前，伸手按下把手，把門打開。越過一道白色光，進入了一個廣闊的空間，繼續向前行。望到前方站著一個人，他／她是我想寬恕的對象。

慢慢行到他面前，看一下他的外貌、髮型、穿著的衣服和神態，對他說『我原諒你』。他好像有一點反應，寬恕對方，然後再對他說『我原諒你』，放下。我展露出微笑，然後第三次對他說『我原諒你』。

他的神情有點改變，變得輕鬆，面露笑容對我說『我原諒你』。一股能量湧上心頭，他真誠地對我說『我原諒你』，突然感到一份輕鬆，他再對我說『我原諒你』，感到怨恨消失了。

我們是時候放下，我輕鬆地對他說『我不再需要你了』，我感到放下。我再對他說『我不再需要你了』，我們之間所有積怨放下了，大家都感到輕鬆自在。我再對他說『我不再需要你了』。

此時後腦有一股力量拉著我，感到非常輕鬆，慢慢升起，慢慢離開那個地方，那個人，然後穿過了一道光，意識回到現在的時空，回到身體，深呼吸，慢慢打開眼睛……」

整個過程也要留意內心的變化。

寬恕，放下，原諒不等於和好，人與人之間有緣分，緣分已經到此，不需要再帶著不必要的業力，用寬恕解開大家的結，繼續走大家的路，過美好的人生。

觀察過不少治療，心輪被療癒時會在沒有特別的情緒起伏下無故地流眼淚，原因是心結解開，創傷被療癒。眼淚是來自內心的喜悅，不是思想。

療癒之旅

「自我覺醒和領悟是一段個人的奇妙探索之旅。」

世界每天都有新鮮事，人們很容易會習慣了把注意力放在外界而忽略了自己的內心。

尋找療癒也是緣分，我在這些年的療癒之旅接觸過很多不同的系統，當中有不少啟發。

在洛杉磯試過一次「水晶治療」，一向都能感受到水晶的能量，治療時帶了經常跟身的一塊白水晶，把它放在掌心。水晶的溫度很快便上升，之後整塊水晶變暖甚至有點過熱，分不清是我的溫度傳了給它還是它本身在發熱。然後過了幾個星期後，我已回到香港，看向平時會被我放在家中書枱上的那一塊白水晶，發現它與我記憶中的模樣有點不同。水晶內本來有一點霧氣和瑕疵，那天它竟然變成了一塊完全通透的白水晶，應該是它跟著我經歷不同的靈性治療時，同樣被淨化了。

另外一次接受「薩滿療癒」，清理負能量。過程中眉心輪感應到一些光，除此並沒有其他反應，還以為治療效果麻麻，但我在該晚突然病了，傷風感冒喉嚨痛發燒所有症狀都出現，吃藥也沒有用，持續了一個多星期病徵便自動消失，相信是因為一直積聚在體內的負能量，需要長時間排出。

我還試過學「氣功」，過程中覺得有點不自然，感受微弱，理性和靈性也連繫不上，但我太太同樣有學氣功卻讚不絕口，享受著氣功所帶來的療癒效果，這也是緣分。

身心靈療癒系統有很多，但談的是「療癒」的話，必然是來自同一種宇宙治癒能量，只是方法和概念的差別，也有感悟者或導師的差別。

父親離開之後，我的家庭生活就是閒時和母親、家姐和阿哥一家人晚飯相聚。幾年前阿哥一家移民了去英國，之後我們便找時間過去探望他們。

本來去英國是想旅遊探親幾個星期，結果再三更改行程。在英國及歐洲遊歷了半年，住過不同的地區，體驗過不同的生活。

其間我再一次去了埃及，這次不單只進入金字塔提升，還在同樣有神秘歷史記載的獅身人面像頭下兩爪之間冥想。

那天夜機抵達開羅之後，在酒店簡單梳洗休息了一會便出發，因為獅身人面像的私人探訪時間是在清晨五點，到達之後可看著太陽升起。

傳說獅身人面像裡面和底部有一個很大的倉庫，那裡藏著宇宙最高智慧。也有說那就是阿卡西記錄，而兩爪之間的石碑就是入口。也有說入口在耳朵後或右爪前。不過我在石碑位置就看不到任何入口，右爪前亦沒有任何啟示。反而我在它的左前爪發現了一個像手掌般大小的洞，裡面太黑，洞也太小所以什麼也看不到，問管理人員得到的答覆同樣是：「不知道。」

能用手直接觸摸獅身人面像感覺有點超現實，我在左爪前用手掌按著獅身嘗試連結，然後開始冥想。不久後有一種好像要被吸進去了似的感覺，我的意識知道自己仍站在原地，但身體的感官就像是被獅身的左爪包圍著，感覺神奇。

這趟埃及之旅我收到了一個訊息"Healing"，我並沒有太在意如何去解讀，因為宇宙、高我引領著我，只需要相信感覺和行動。

水晶頌缽

"Healing"、「療癒」這些提示經常在生活裡出現。

我本身很喜歡玩樂器及收藏，從小便開始玩吉他，對鋼琴更有種特別的感覺和鍾愛。除了收藏了十幾把吉他之外，電子琴、合成器、管弦樂器、吹奏樂器、敲擊樂器等，各類型樂器我也會收藏。其中有些樂器買回來是因為喜歡它的外型，間中會從保護盒拿出來欣賞一番便收回，真正彈奏過的次數可能不過五次。

「療癒」這個字也引領我去搜尋一下相關樂器，結果我便買了人生第一個水晶頌缽，也展開了由流行音樂到鑽研水晶頌缽療癒音樂的新階段。頌缽有很多尺寸，一般是由七吋到二十四吋，分不同音調。簡單分為七個音調，如果需要仔細一點就分為十二個音調，尺寸配搭音調可以有很多組合（但不是每個組合也會帶出優質音色）。

選擇頌缽有一個傳統方法，就是嘗試拿起頌缽敲響然後感受它的能量，這個傳統是來自銅製頌缽。頌缽來自古時印度，用於冥想或一些儀式，修行者或製作者會在缽身刻上符號或經文賦予它意義和能量，所以每個頌缽也是獨有並具有不同能量，要使用或擁有它之前，需要感受它的能量是否能夠和自己連結或適合。

水晶頌缽大概在四十年前製造出來，近年愈來愈受歡迎，文化上和銅缽有所差異，挑選方面亦有更多方法。我所選擇的第一個頌缽是白水晶磨砂頌缽，尺寸為十吋、C音調，尺寸的考慮是要顧及如何把它帶回香港，而且那時我認為十吋已經很大很重。而C音調是音樂上我最喜歡運用也是學習樂理入門時第一個學到的音調，所以也是情意結。另一個原因是C音調對應海底輪（Root Chakra），當時有一種感覺需要行動力和能量，所以便選了這一個。那時剛搬到了倫敦Marylebone區的住宅，需要行三層樓梯（每層有兩段）才到達我的單位，到貨後才知道速遞員不會送貨上來，不過原來十吋頌缽也不是想像中的大和重。

我的性格是每當喜歡上一樣新事情的時候就會深入去鑽研，嘗試發掘新研究。就是這樣我開始了鑽研水晶頌缽，發現這個白色的水晶碗原來有很多玩法，並不是印象中的單調。相信很多人也和當時的我一樣，認為頌缽的玩法只是單單把它敲響而已，但原來並不是這樣簡單。

頌缽有不同的技巧及演奏方式，需要長時間練習，注意心靈和意識的狀態連結，要配合呼吸、姿態、場地、節奏等。最後所發出來是那一種質素的頻率，取決於治療師或演奏者的修為。

聲音治療

「音樂與生活密不可分。」

回港之後我繼續收藏不同尺寸和音調的頌缽，當中最大的尺寸是二十吋，在衝動購買之後才發現這個頌缽的大小和重量根本不適宜外帶，只能放在家中使用。

其他類型的頌缽也收藏了幾個，例如銅製頌缽和另一款用幾種水晶製成的錬金頌缽，不同的製作方式和物料會帶出不同音色，發現這個看似純樸的樂器原來也是有質素之分。

用以往分析其他樂器的方法去衡量頌缽的質素，音準、聲音震盪幅度、聲音延續時間、顏色、音量、音色等等，結果才發現在一開始時購買的大部分頌缽也不達標。

一般情況用者和聽者都不會太在意這些音質，但我根深蒂固的「職業病」發作，不由自主地很在意聲音的質素，結果開始四出搜尋有質素的頌缽，結果找到一個工場，最後還製作出自己的水晶頌缽品牌"Healing Bowl"，這一切沒有特別計劃過，只是順住宇宙的指引。

之後我用水晶頌缽創作出第一首名為《Positive》的冥想音樂，這首歌的靈感來源就是自己的焦慮問題，因為這首歌用的聲音是對應我們的太陽輪（脈輪），有舒緩焦慮的效果。

我親身做了測試，《Positive》對應太陽輪，舒緩焦慮，我在「焦慮」方面是有經驗的專業人士，在音樂頭五分鐘沒有什麼特別感覺，之後慢慢覺得太陽輪位置有點不舒服，不是痛苦的不舒服，好像有能量在抗衡，會有讓我想把音樂關掉鬆一口氣之感。但在過了三十分鐘之後，所有不舒適感覺突然全消，而且感到喜悅、自信和輕鬆，這就是太陽輪能量平衡的效果。

這首冥想音樂分了三個長度版本，四分鐘短版本是一個試聽版，用來嘗試感受是否適合當時身體狀況和脈輪是否有聯繫；二十分鐘中版本是給剛開始冥想的人或做一些簡短冥想練習時用；最後一小時長版本是分享給我的學生，協助他們日常冥想。（大家可於各大音樂平台收聽短版及中版。）

好多時收到學生的回覆是音樂能夠幫助他們入睡，甚至改善失眠，可以做到這個效果的確是一個鼓勵。冥想能夠保健，清理頭腦，舒緩壓力，提升生活質素，而睡眠是我們最重要的休息。

現在每當我有任何焦慮出現，都會用這首音樂舒緩，成為了抗焦慮的特效藥。

除了《Positive》，我之後繼續創作了一系列冥想音樂，每一首歌也是對應不同的脈輪，總共七首，對應七大脈輪，療癒七大脈輪。

水晶頌缽適合對身心靈好奇或有追求的人士，是屬於聲音治療的一種。白水晶帶有淨化療癒的能量，所以產生出來的頻率會有療癒效果。聲音關乎到我們的五感，五感即是視覺、聽覺、嗅覺、味覺和觸覺，這是由我們出生便開始訓練的感官，所以體驗俗稱「聲音浴」（Soundbath）的水晶頌缽聲音治療時，必然會有實在的感受。

體驗過不同治療師的聲音浴，各有風格，最深刻是樂隊LMF成員MC仁（我稱呼他為仁哥）的演奏，他在一個很特別的建築內舉行，那是一間荒廢了的寺廟，天花是長圓筒三角形，頌缽聲音的反射效果很特別，有不同的感受。

去年我亦開始舉行聲音浴，會按照不同情況設定不同的主題，例如被邀請到一些公司的活動，人數比較多不是每個人都有這方面的經驗，所以通常會以平衡和淨化為主題，因為消除負能量和減壓是聲音浴最基本的目的。

如果可以由我設定主題的話，我通常都會嘗試新創作。記得有一次為慈善活動籌款，舉行了一次很特別的二人水晶頌鉢合奏，演奏期間有一段我更感受到當下充滿著「喜悅」這種高頻的正能量。完成後參加者分享感受，竟然說出了和我同樣的感覺，之後我便把那一段編寫出來研究，然後放到下一次活動的主題，讓大家感受。

除了教授靈氣，早前亦開設了水晶頌鉢聲音治療課程，將自己的研究和所學知識分享給有興趣的朋友，流傳下去。

治癒柔和的頌鉢頻率會讓我們的神經放鬆，達到深層休息的效果，並協助我們進入冥想狀態，展開一段個人的療癒體驗。

與靈氣療法之緣分

「安心立命。」

"Healing"讓我連結水晶頌缽，同時間另一種治癒能量亦連繫上，就是靈氣。

靈氣是宇宙能量，一種滋潤萬物的生命能量，可以舒緩病痛、情緒、壓力、保健等。一百年前一位來自日本的修行者臼井甕男先生於京都鞍馬山上感悟到這種治療能量，幫助了不少人治病，其後寫下《靈氣自然療法》，生平教導了二千多位不同國籍的學生，把這種療癒技巧流傳下來，造福人群，至今世界各地已有超過百萬人學習。

靈氣自然療法也是我在靈性之旅中學習過的其中一種系統，那時抱著好奇的心態在香港學過，之後斷斷續續地練習，並沒有深入了解，練習上亦有點模糊。不過此經驗成為了我現在教學時的借鑑，反而對我的教導方法有幫助。

靈氣（Reiki），靈（Rei）指的是宇宙，氣（Ki）指的是生命能量，也是療癒（Healing）。

在倫敦那段期間遇上一位外國靈氣導師Maya，她從小便開始冥想修行，然後學習了不同的技巧和療癒系統。我跟她學習靈氣，她為我做了靈氣大師導師級靈授（Attunement），亦教了我一些冥想技巧及其他療癒系統的知識。

我跟她是一對一學習，所以內容會比較靈活，除了靈氣的必要內容之外，還加插了其他練習，對我在靈性修行方面有不少啟發，亦明白到在身心靈範疇方面，不同地區的文化差異。

導師Maya第一天，和我進行的第一個練習是與生命能量連結，所有生命也有靈氣，運用靈氣的概念並不是一般理解例如氣功的「運功」或「發功」，而是自身作為媒介讓宇宙間的生命能量流動，然後經治療師的雙手傳遞出去。

日常生活除了人類之外，動物、花草樹木、大自然、水晶也是生命。學習過程中最常接觸植物，導師把一盤植物交給我，叫我和植物溝通。當時我也有點不知所措，她說 "Talk to them!" 是真的用說話來溝通，說一些正面語句，例如讚美「長得好靚」、「好高」、「好健康」等，植物是會接收到的，然後會生長得更好更健康。

除了教授靈氣療法的內容，導師也分享了很多關於身心靈的資訊，她說若果想練習治療能迅速提升，建議到醫院做義工，為有需要的病人做靈氣治療，生病時身體需要大量能量，所以更容易去感受。

英國的一些私家醫院、護老院、療養院會招聘靈氣治療師，靈氣治療是一項專業技能。最近我從英國的學生口中得悉，他們最大的政府資助醫療機構NHS也開始有這方面的資訊，相比之下可以知道我們或亞洲一些地方仍然是較為保守，與及文化上的差異。

保守的原因有很多，主要是傳統文化及教育。

除了因為我在港產鬼片盛行的年代長大之外，我個人也有一些體驗。兒時母親經常講鬼故事給我聽，並說那都是她的親身經歷，使我邊聽邊親歷其境。但終於一天我打開了一本鬼故事雜誌《鬼世界》，在裡面竟然發現一個又一個母親所說的「親身經歷」，哈，自此我對靈異這方面便多了一份懷疑。

種種因素使我們會用「迷信」來形容靈異、靈性、超自然等等超越五感的事情。但我同意在靈性追尋或投入學習新技巧之前，必須先做點資料搜集，了解對方和機構的背景，因為當中可能會有心術不正的人，要小心提防。

雖然靈氣不能取代正統醫學，但在歐美已經有不少研究證實這是強而有力的輔助，能減輕或消除醫療過程中所產生的副作用及身心的不適，且在美國部分醫院會作為輔助正統醫療的方法。

臼井靈氣已經有一百年歷史，更流傳到世界各地，各地的導師都有不同的背景，不同的知識。所以每個地方導師的指導方式和內容都會有差異。而百年來臼井的學生除了學會靈氣療法之外，也會學習不同技術，不斷修行，同樣會感悟到更多的智慧，所以現今「靈氣」這系統裡有近百種派別，各種各樣的名稱，使人眼花撩亂。

所以在這裡亦提醒大家一點，就算該系統名帶有「靈氣」兩個字，都需要去確認那個系統的創立人是否來自「臼井靈氣」，若然不是的話就要重新去了解和認識其背景。

我在英國的導師經常都不期然地說：「呼喚你的保護天使。」原因是她的傳統是以天使作為能量及神聖的代表，但儘管如此，她仍然是按照臼井靈氣的根基來教導。

我在學習靈氣的過程並不只是在追求治療，而是靈性的提升。

靈氣是能量，能量是科學，作為對探索身心靈的人士是不錯的入門，因為有實質的科學可以用來參考，比較容易理解，所以我在設計課程時，也同樣用了科學實驗來做參考。

有想過如果繼續在英國生活的話，可以從事身心靈方面的工作。導師Maya是第一個鼓勵我當導師的人，因為和她相處時我也給她分享了很多我的見解。她認為宇宙在我的人生灌輸了那麼多哲學、靈性、超自然等種種經驗，好應該分享給所有對這方面有興趣的人，順應宇宙安排。

學會整套靈氣療法之後，日常很多小病痛都可以隨時舒緩，出門也不帶那麼多藥，因為一雙手已經可以治癒很多症狀，經常會開玩笑：「Touch wood有病時，就是練習的好時機。」

同樣有一次在乘車途中突然胃痛，原因大概是早餐吃了一碗加辣的湯麵，有點快要吐出來的感覺。立即用手放在胃部前（太陽輪），運用靈氣，本來快要湧上心頭的嘔心感突然制止了，沒有惡化，然後一直保持在可接受的胃痛程度，大概五分鐘後慢慢舒緩，然後亦慢慢回復。

靈氣幫我解決過很多問題，我亦看過很多研究文章。有一位日本治療師研究了靈氣二十多年，綜合了一些結論。他的研究很仔細，因為每一項也會針對一種特定的病痛和問題，其中一項我覺得很有意思，是關於喉嚨痛症狀，看後我也嘗試跟著研究。

「在喉嚨痛形成的初期（一至兩小時內）幫自己治療，可以達至把病症完全消除的效果；若然已經發病一段時間，例如已經過了一天，通常會有舒緩效果……」

那天工作繁多，早上醒來時突然感到喉嚨灼熱，好可能是發炎。但整天時間安排得密麻麻，如要改動就會很麻煩。結果我想起那項研究所以立即用靈氣幫自己治療，大概十五分鐘後，我感到自己好像把發炎的部分吞了落肚似的，然後喉嚨痛便消失了，那一刻感到非常驚訝。親身證實過方法的可行性之後，當然有分享出去，不少學生嘗試過之後都回來報告非常有效，期望發掘更多此類有效的治療方法。

之後每一次感到身體不適，我都會立即把握時間治療，發現除了喉嚨痛，其他痛症如頭痛，甚至負面情緒都可以消除，但一定要把握到發病開初的時機。

做導師這個念頭一直在腦海徘徊，潛意識推動我開始行動。一天靈感湧現，開始著手設計自己的課程，有太多技巧和經驗想分享，之後我就按著臼井靈氣自然療法為根基，然後再加入一些針對現時人類面對的情緒問題的冥想練習，就這樣開始了我的導師之旅。

靈氣導師

「幫助別人的同時，也在幫助自己。」

接觸過很多人很多學生，發現對身心靈有追求或好奇的人愈來愈多，或者可以說本來就不少，只是地區和文化的影響。所以我開始了課程之後，也因應情況加入適合的練習。

學習靈氣治療初階的主題是「自我療癒」，臼井老師當時編寫這套療法的原因也是為了讓大家學懂自我療癒，因為個人健康是自己的責任，不應該依賴任何人。

在靈氣治療上，如果想更進一步提升及進步，就要嘗試去為別人做治療，在別人身上能夠感受到不同的能量，會對能量這回事更加有經驗。「療癒能量」與「慈悲」或「愛」非常接近，對別人進行治療也是一種愛，自身擁有愈多愛、慈悲等正能量，治療效果會愈好，幫助別人，同樣是在幫助自己。

修行是一段個人的覺醒之旅，覺醒是自我探索的旅程，個人的意思不是孤獨隱居遠離塵世，而是參透此生來到此地經歷人生的目的，了解當中的意義，體驗人與人之間的緣分，發掘生命的意義。

我們每一個人也在經歷自己的人生，每個人都有獨一無二的經歷，唯一相同的我們都是來自這個宇宙的生命能量。

人類向著未知領域發展，正能量引領下向著未知的未來不斷進發，宇宙並不是線性運行，只有單一能量並不能參透宇宙，所以要有負能量的刺激，正負能量相互交替。人生裡面充滿很多問題，有些人製造問題，有些人解決問題，從能量層面來看並沒有對錯，問題始終會被解決從而引伸出另一些問題，若然沒有問題便再沒有發展，沒有發展並不符合宇宙法則。

由第一日開始舉辦靈氣班至今，轉眼已經教導過接近二百位學生，每堂也希望學生能夠感受靈氣、理解能量、學會運用靈氣作出自我療癒、舒緩情緒及自身各種問題、提升靈性，以及對生活有所啟發，所以每當完成課堂後收到學生的正面回覆都會感到滿足，感恩。

「幫助別人的同時，也在幫助自己。」

這是我從教學過程體現出來，能夠成功幫助別人學懂新知識，幫助別人解決生活上的問題，能夠用自己的經歷啟發別人，然後在過程中自己亦得到啟發，大家都有所得著，這是美麗的結果。

你想活出怎麼樣的人生

「過去、現在、未來同時存在。」

世界是我們內心的投影，我們從自己對外界的每一個回應便可以看到自己的內心。

多年前曾經有一位朋友的師傅幫我做過一次催眠，催眠和冥想引導有點類同，目的同樣是要帶領別人進入一種冥想狀態，又或者可以説是腦波緩慢的放鬆狀態，然後可以接近潛意識。

催眠的方式有很多種，用於處理不同的問題。那一次的催眠方式和本書的練習三有點近似，但處理方式有點不同，因為過程中催眠師會不斷和客人溝通，從而繼續引導客人去尋找答案。

催眠過程歷時差不多兩小時，過程非常仔細，以下是最深刻的部分。

「我身處一個廣闊的草原，野草生長得很茂盛，四周圍一個人也沒有，我的左右後方也是山，天空有點白濛濛一片，前面有一間屋，走到屋前，是一間兩層三角尖頂的木屋。

打開門走進屋內是一個圓形的客廳，空間不大，暗黃燈光，昏暗。擺放著木枱、木櫃，大部分也是木製傢俬，存放著杯杯碟碟那些生活用品。古典的室內設計，很有格調，這是我的家，我獨自住在這個地方。

右手邊有一條旋轉式往上的木樓梯，前面盡頭有一道向右橫趟的木門，木門後有一條向下的旋轉式樓梯，我隨著樓梯慢慢向下層移動。地庫是一個擺放著很多木書櫃的藏書館，書櫃排得密密麻麻，櫃內擺滿了書本。

我找到其中一個書櫃前，書櫃內擺放著五顏六色的書本，我伸出右手拿了一本書下來，打開內頁嘗試看一下內容，但什麼也看不到，只看到內頁裡白色紙上面的模糊的字。

從藏書館回到客廳，離開屋子，屋外有一個小花園，只有青草沒有花。園外有一輛車正在等我，不清楚車子的型號和顏色。我淡淡然地向著車子走過去，打開車門上車坐在司機位旁的位置，旁邊司機位置有一位男士，他是我一位朋友亦是中學同學，開車把我載到一座很大的全白色建築。那座建築遠看好像一所在天國的白色皇宮，到達之後有一種它是一間大學或一間巨型圖書館的感覺。

我落車走到建築物的大門前，是一道大概有十米高的巨型白色大門，進入建築物內，那是一所學校的室內設計。上了幾層樓梯，穿過一條走廊，進入了一間無人的班房，我在白板上寫下一大堆文字，似是一些方程式或教學內容，然後把手上的一支筆放下便離去。

回到車上，那位中學同學把我載回家，然後我回到屋內繼續我的研究工作。」

這個催眠大概在二十年前發生，感覺是把我的潛意識用畫面投射出來。過程沒有覺得那些畫面是我夢寐以求的生活，但在那間屋及那一個空間我卻感到很自在，很寧靜，沒有擔憂，覺得有無窮無盡的時間。

幫我做催眠的那位師傅說我看到的是前世畫面，我在很多世的身份都是一位老師。

巧合地多年後的今天我真的當了一位導師，從來沒有想像過，就算那次催眠也只當故事聽。而做導師也不是我的夢想，但感覺就和我在催眠狀態時一樣，並沒有過於正面或負面的感覺，很自然，平衡。

預見未來十年後的自己，是否就如在那一刻埋下了種子，潛意識向著這個未來發展。如果過程沒有植入新想法，沒有被拔走，種子便會繼續發芽，種瓜得瓜，種豆得豆。

那麼若然沒有遇見未來的話，未來又會怎麼發展？

萬事萬物每分每秒也在改變，每分每秒也在震動，改變有因，有因必定有果，循環不息。

過去、現在、未來同時存在，你現在的念頭會改變你的未來，而未來亦會改變你的過去。

你想活出怎樣的人生？

也許這不是一個問題，而是一個答案。

徐天佑—療癒覺醒

作者：徐天佑

出版人：卓煒琳

編輯：Inez Wong

美術設計：Winny Kwok

出版：好年華生活百貨有限公司

地址：香港九龍彌敦道721-725號華比銀行大廈501室

查詢：gytradinggroup@gmail.com

發行：一代匯集

地址：香港旺角龍駒企業大廈10樓B&D室

查詢：2783 8102

國際書號：978-988-76520-9-0

出版日期：2024年6月

定價：$115港元

Printed in Hong Kong

Good Year Publisher

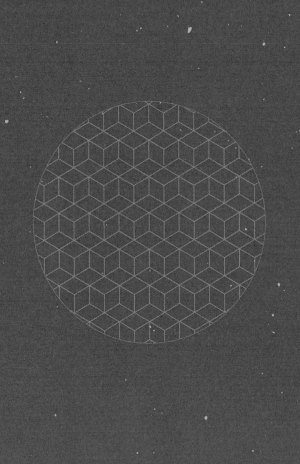